PAPEL PICADO

Rolo Diez

Papel
picado

Premio Umbriel
Semana Negra 2003

Umbriel

Argentina • Chile • Colombia • España
Estados Unidos • México • Uruguay • Venezuela

© 2003 *by* Rolo Diez
© 2003 *by* Ediciones Urano, S. A.
    Aribau, 142, pral. - 08036 Barcelona
    www.umbrieleditores.com

ISBN: 84-95618-64-8
Depósito legal: B. 28.816 - 2003

Fotocomposición: Ediciones Urano, S. A.
Impreso por Romanyà Valls, S. A. - Verdaguer, 1 - 08760 Capellades (Barcelona)

Impreso en España - *Printed in Spain*

«Vinieron los sarracenos
y nos molieron a palos;
que Dios está con los malos
cuando son más que los buenos.»

XX

NOTA DEL AUTOR: De paso por distintos lugares, estos papeles aceptan voces de otras lenguas. Conforme con su vocación integradora, he preferido no «traducirlas» a pie de página. Ellas serán encontradas en un glosario al final del texto.

Papel picado es para Myriam y Yuyo,
cuyos exilios compartí, y para todos
los argentinos desterrados
por el terrorismo de Estado.

Índice

I

1980

Con otros

Vamos a México. Mariana, el Chato y yo, hartos de ser sudacas, nos vamos a México. Atravesando un paisaje al que la pérdida de imaginación ha decretado monótono y obvio, a diez mil metros sobre el mar continuamos un viaje que, desdibujada su meta, sólo puede continuar.

Uno iba y venía; creía estar en su sitio; trataba de hacer algo. Más tarde y por líos que nunca faltan le tocó andar por ahí, a salto de mata. Un día se vio fuera del país y otro día, entre displicente y atónito, preguntándose por las señas de una identidad desconocida, se oyó llamar sudaca.

Sabíamos del encanto de las francesas y del estilo brusco de los españoles, estábamos enterados de que un italiano sin plato de pasta es medio italiano, nada ignorábamos sobre la eficiencia y disciplina alemanas, la precisión suiza, la flema inglesa y el amor al vodka de los rusos podían dislocarnos las mandíbulas de tanto bostezar, sin embargo ese asunto de los sudacas planteaba una novedad: era nuestro. Los sudacas éramos nosotros. Convenía, entonces, conocer mejor la propuesta.

Dos versiones disputaban el diagnóstico: 1) Los sudacas

son esos transterrados que peregrinan por el viejo continente masticando una jerga que ni siquiera es española, agotando en sus pieles la gama de los grises y ofreciendo mover el ombligo a cambio de comida; 2) Los sudacas son unos gitanos llegados del fin del mundo que circulan por Europa como lo hacía Lope de Aguirre en las selvas amazónicas. Ellos están ahí para encontrar *El Dorado*. La única ventaja que reconocen a los nativos es que «se» saben bien las palabras y tienen más antigüedad en el lugar.

El caso es que nos cansamos de ser sudacas, nos cansamos de pintar monederos de cuero y venderlos para comer, nos cansamos de ser ilegales y nos cansamos también de acunar un proyecto de retorno militante —volver, sacar a patadas a los militares de la casa de gobierno, multiplicar los panes y los peces—, de tal manera acunado que, por lo visto y perdido y resignado, ha optado por las dulzuras del sueño y amenaza no abrir sus ojos hasta el próximo milenio.

Nublados de tequila pero con ojos como faroles, entre gatos callejoneros y máscaras inescrutables, en México llevaremos nuestros invitados a la fiesta de los muertos; vamos a ver los trenes de Villa y los caballos de Zapata; comeremos insondables barbacoas y chiles incandescentes envueltos en mole negro; aprenderemos el secreto de los tragafuegos y de los tahúres que, con una escurridiza bolita y tres tapas embrujadas, despojan de su dinero a los incautos; abominaremos de la ciudad donde ya no cabe un verso ni un cigarro que no haya sido previamente pisoteado; temblaremos con los temblores; seremos niños en las grutas de Cacahuamilpa; fornicaremos con el mar en las tibiezas de Acapulco; vamos a beber toritos en el puerto de Veracruz; a conocer mujeres con ojos como túneles y niños que juegan con navajas; circularemos por los pantanos de la droga; estaremos atentos a los caprichos del volcán; partiremos la piñata de la América profunda y, primero Dios, entenderemos qué significa ser profundamente americanos.

En México vamos a trabajar en alguna oficina, a pagar impuestos con nuestro nombre verdadero y ahorrar unos centavos para la vejez, que ya se sabe cómo pasan los años y la costumbre de esa señora de agarrar siempre al personal desprevenido.

En el tranquilo rajatabla de saber que aquí empieza «de veras» nuestro exilio, sobrará tiempo para cambiar las aventuras de los hechos por aventuras del pensamiento. De acuerdo con Flaubert, metido en una vida mansa para poder meter pasión en la escritura, intentaré contar la historia de mis compañeros. El libro —que no debe tener otro nombre— se llamará *Los Compañeros*.

Cierro los ojos, en parte porque me he cansado de leer. *El largo adiós* provoca pensamientos elementales: los amigos envejecen. No obstante, una línea de la novela suena como grabada en mármol, con esa tranquila imposición usada por las pequeñas inmortalidades para instalarse en archivos de la memoria: ese adiós dicho «Antes, cuando era triste, solitario y final», carga los sentimientos admisibles en situaciones sin regreso.

◆ ◆ ◆

Brechtiana a su pesar, la película ofrecida en el avión se llama *Arma mortal 20* o *Rocky 45*. Explosiones, masacres, persecuciones automovilísticas, ninfas determinadas a convencer al espectador de ser nada más y nada menos que glúteos masticables y mamas calidad de exportación, coitos más falsos que el honor de un general argentino, patadas voladoras de fulminantes karatecas, crean un pastel insípido frente al cual cabe mantenerse distanciado, sin olvidar nunca que se trata de un cuento. Quizá no la he visto antes, quizá es la misma película vista en cada vuelo. Da lo mismo.

Negado a *El largo adiós* y a *Traición mortal 114*, miro pasar las nubes y, por asuntos abundantemente discutibles, se me ocurre pensar si acaso este viaje podría considerarse como una larga cadena de adioses. Idea boba y presuntuosa, ya que lo mismo podría decirse de la existencia entera, y con igual arbitrariedad podría aplicarse al resto de los pasajeros. Aunque, y ahí está la cuestión, sabido es cómo cambian los pareceres cuando asuntos generales se particularizan en carne propia, por ejemplo, cuando los adioses mencionados son nuestros y reales, cuando hablamos de personas a quienes nosotros ya no veremos y lugares que a nosotros no nos verán, y nos detenemos en la palabra ausencia como si fuera una medalla que nos ha sido impuesta y supimos conseguir. Tal vez no fuera puro azar haber tomado *El largo adiós* entre otras ficciones elegibles. Quizás era hora de meditar y echar algunas cuentas con la vida.

Afortunadamente para ellos, Mariana y el Chato duermen. Las celadas tendidas en artefactos que navegan por una escenografía fantástica se soportan mejor del otro lado de la conciencia.

Mientras decido no pensar que detrás de la sonrisa profesional de la azafata, de los discutibles detalles de confort y de lo VIP de una secuencia de aeropuertos y aviones, apenas hay una jaula frágil, un barrilete colgado de la nada, a merced de la sobriedad y pericia de los conductores, el humor de los dioses, el buen estado de las máquinas y otros ítems con frecuencia falibles, puedo pedir un trago y brindar por esas voces que insisten en acompañarme: «No le digo adiós»... Vaivén de negaciones que, cuando la novela negra cumpla cien años lejos del santuario de sus bares, cuando matones, jazz y alcohol hayan sido reemplazados por las baratijas de un shopping virtual, cuando las fatales rubias descansen de su perversidad tejiendo escarpines en un asilo de ancianos y cuando Philip Marlowe únicamente sea recordado por especialistas polvorientos, aún entonces, quizá persistan entre las hojas muertas: «Se lo dije antes, cuando era triste, solitario y final».

Por peculiares vericuetos de la empatía, una vez decidido que esa frase podría haberla escrito un servidor y que no luciría mal en mi novela —hasta podría usarla como título: *NO LE DIGO ADIÓS*—, los mensajes ingresados por la ventanilla proponen: «No cancelar nada, dejar puertas abiertas, escribir en cada piedra AQUÍ ESTUVIMOS»; dicen «Estamos vivos, volveremos, hasta pronto».

Y antes de que la próxima centuria arrase con cada historia escrita y nos deje a todos calvos, el segundo trago permitirá sintonizar mejor los pensamientos con esa onda donde intento establecer el aquí y el ahora de mis actos, un qué ando haciendo y un de qué se trata, cuánto ganado perdí y cómo se pasa de números rojos a negros, hecho lo cual, es de esperarse, sería posible bocetar una menos inquietante pista de aterrizaje para la jaula VIP donde viajamos.

En México hay más de cincuenta etnias, más de quinientas mezclas humanas, colores hasta en la sopa, mares amistosos pero temperamentales, frutas robadas del paraíso, carabinas treinta-treinta, vientos con olor a pólvora, volcanes que fuman la pipa de la paz mientras preparan los incendios, hay congresos de brujos, pueblos fantasmas, minas abandonadas, monos bailarines, guacamayas parlantes, fronteras diluidas en humo de marihuana, orquestas de violinistas analfabetos, hay desiertos, coyotes, escorpiones, lagartos que acechan la eternidad, cielos que no admiten otra estrella, sabores como cuchilladas, densidades tropicales, cortes de los milagros, revoluciones a la espera de su hora...

En errática secuencia el humo del cigarro levanta y desvanece figuras, juega con pueriles metáforas propiciadas por el fuego y las cenizas. Recuerdo a mi tío Rafael y a mi abuelo Aurelio. Calculándole un par de siglos de vida activa, uno de los dos todavía circula por América; el otro, con once años y los bolsillos agujereados, descubrió el puerto de Buenos Aires. Recuerdo los poemas de *Juancito Caminador*, que perdió una elección «con cincuenta pesos y una vaca, absorto, como

Buster Keaton».[1] ¿Por qué los recuerdo? Sépalo Freud. Quizá porque —admitida la torpeza de las comparaciones—, Mariana y yo llegamos a México con quinientos dólares y un hijo que no sabe si es argentino o español.

En la libreta donde hago mis apuntes para la novela familiar, registro: *El Chato usó el apellido Zárate en un jardín de infantes argentino; continuó sus estudios en una institución madrileña donde se apellidó Pollone; en México irá a la escuela primaria y tendrá otros nombres y apellidos. Dentro de veinte años un hombre de bata blanca juzgará conforme a la doctrina su conversión al fundamentalismo islámico, dirá que por un pelo no es* serial killer, *que casos peores se han visto y que más nos vale estar contentos.*

Ni modo. Perdimos la paz y la guerra. Ocupados como hemos estado vendiendo monederos, ignoramos nombre y gravedad de nuestras heridas, y aunque confiamos curarlas con una terapia de mariachis y tequilas, hasta de ser infantil uno se cansa. A veces.

En la pantalla las víctimas se suceden con la insignificancia de quienes no pretenden fingir una muerte verdadera. Es curioso comprobar cómo ha envejecido el cine. La primera locomotora que un siglo atrás cruzó la pantalla, sembró pánico y arrojó gente fuera de la sala. Hoy pueden masacrar a cien humanos y nadie interrumpe sus masticaciones. Apenas ayer, un primer plano de merecedores pechos provocaba escándalos de testosterona en la platea. Ahora las ninfas fornican con serpientes, con saxofones, con los siete enanos de Blancanieves y sólo consiguen aburrir al respetable. Envejeció el milagro. Envejecieron los espectadores. Velocidad y pasotismo han devenido paradigmas de la época. El mundo sigue andando y las cuentas con la vida son apenas cuentos con la vida. Porque, la verdad sea dicha, echarse una tragicomedia entera en la conocida piel para encontrarse después hablando a solas con un extraño —ese tipo que nos espía en el espejo y podría ser nuestro padre—, tal vez sea lo habitual, el negocio más trajinado, y sin embargo, a pesar del conformismo en que solemos anclar, como se llega al café donde siempre nos aguarda nuestra mesa, ese punto no debería dejarnos tan tranquilos. Mientras aguardamos que nos crezca el cerebro para entenderlo, contra tedios y monstruos y amarguras, ni los afectos se van ni la belleza suspende sus visitas. Razones por las que, si en este pájaro mecánico quedan tragos —sirve que así no pensamos en el cociente intelectual del comandante—, podría pedir otro y, habida cuenta de haber entrado en territorio de boleros, brindar por esa recién nacida a quien llamaremos Esperanza.

II

1977

Trabajos de Mariana

En la parada del colectivo 59 ubicada en Cabildo y Juramento —barrio de Belgrano al norte de Buenos Aires, zona habitada por gente de economía media o alta, también por clandestinos que, como ella, pueden mostrar falsos documentos de identidad «legalizados» con el apellido de un conocido brigadier—, Mariana verifica que el hombre del impermeable azul sigue sus pasos. Lo ha visto antes, contra una pared en la calle Mendoza. Vuelve a verlo ahora, cuando las casualidades han perdido espacio y todas las coincidencias deben ser atribuidas a la guerra. Observa los anteojos espejados, frecuentes en fuerzas de seguridad y asesinos a sueldo; considera la gorra que oculta media cabeza del perseguidor; desciende a los zapatos negros y abotinados, siempre con buena aceptación entre operativos y custodios. Mariana piensa que el look gorila es una moda más, al servicio de garantizar lo que garantizan las modas: arbitrariedad, exhibicionismo, y, en el caso, una favorable relación de fuerzas entre bandos enfrentados. Ejercicios intelectuales aptos para detectar a un indeseable, aunque nada aptos para conjurar el pánico acarreado por su práctica cuando A se junta con B y queda demostrado C.

La siguen. Una joven circula por Belgrano y descubre que la siguen. En otros ámbitos el hecho remite a merecimientos estéticos y posibilidades de romance; en Buenos Aires 1977 remite a merecimientos políticos y posibilidades de que la dama desaparezca. Perspectivas ante las cuales conviene reforzar aspectos de inocencia. ¿Qué hace una bella en Cabildo? Mira vidrieras, se interesa por ropas, consulta su reloj, controla que los buitres que devoran su estómago no afecten la naturalidad del rostro. Modosita, se instala en la parada. A veinte metros de su teatro, ronda la bestia. Detrás de los vidrios donde rebota el odio de la calle, parece mirar otras vidrieras. La parada sirve para las líneas 59 y 111. Al ver el 111 Mariana abre su bolso y (sobre)actúa la mímica de buscar el monedero. El impermeable se acerca. El 111 descarga tres personas y se va. A más B demuestra C. Y las penurias de Mariana no pueden transformarse en inútil fuga de tacones altos, ni soltarse en espontáneo aullido que incluiría la más espontánea de las confesiones, ni fantasear con que nada ocurre: «Estoy en el departamento; no he salido a la calle; sueño». Llega el 59 y, fatalmente, detrás de A, va B.

Las cosas han cambiado. Años atrás los riesgos eran otros. Una mujer que subía a un transporte bonaerense «debía» esperar tocamientos; proporcionales tanto a su arquitectura y a la densidad de masculinos en el lugar cuanto a la pasividad o escándalo con que asumiera el acoso. En los setenta, en Buenos Aires, las cosas han cambiado. Pero no tanto. Aunque las muchachas están más dispuestas a confrontar a los rijosos, la cultura del toqueteo resiste, no se resigna, hace su lucha. Todos los pasajeros lo saben. Mariana también. Y ella —¿hará falta decirlo?—, es de las que no se dejan. El menor roce varonil recibe un primer aviso de mirada fulminante; el segundo precipita la ira de la bella y la fuga deshonrosa del tocador expuesto. Pero esa mañana ha cambiado todo. Demasiado. El 59 semillero alberga escenarios en los que una mujer, al menos una como Mariana, agradecería que el octogenario vecino perdiera la dentadura postiza entre sus senos.

El colectivo reproduce su leyenda: «Permiso para tocar». «Hoy: Festival de la Franela». Regresan oficinistas que subían sin calzoncillos en horas pico o liberaban bultos debajo del abrigo, ancianos ágiles detrás de colegialas, lambadas por calles de piedra y eyaculaciones incontenidas. Aunque conoce de fútbol, política y otras ramas de la sabiduría, los intereses del colectivo se disparan en el porno clandestino. Sus prioridades saltan a la vista: la rubia recién ingresada encarna —jamás he usado el verbo con tanta precisión— la mejor oportunidad ofrecida por el viaje para una tocada. El colectivo trabaja, paga impuestos, tiene problemas como todos, y no cree que una módica tocada sea pedir demasiado ni se le deba negar a ciudadanos que toleran a jefes y familias.

Cuando Mariana pasa, el colectivo libera sus pulsiones. Emboscadas en portafolios y periódicos, manos viriles se encuentran siempre cerca. El colectivo conoce sus derechos. También Mariana los conoce. Si sólo se trata de eso, no puede protestar. Las reglas entre colectivos y bellas son antiguas. El uso y la costumbre han creado la doctrina: si la afectada rechaza su calidad de objeto y opta por un feminismo beligerante, debe admitir que el acercamiento accidental, o bien simulado para parecerlo, carece de sanción. Sólo intencionalidad y persistencia resultan condenables. El cuadro se completa con el dato de que tampoco los carteristas se han suicidado ni dejan de proponer sus propias puestas en escena. Hurtos y abusos deshonestos dan el tono de las emociones proporcionadas por un viaje en transporte público. Así las cosas, Mariana pagaría porque alguien metiera las uñas en su bolsa y se llevara la cajetilla de *Colorado*, con el mensaje escondido en un cigarrillo, que por ningún motivo debe caer en manos enemigas.

De pie, hacia la mitad del colectivo, la bella se encuentra en una de las dos filas formadas frente a los asientos. A un metro suyo, en la fila tres —privilegio de los tocadores—, sumada al centro cuando la población crece, la bestia parece absorta en profundos pensamientos. A partir de tales coordenadas, la pericia de los actores orientará el drama hacia un final feliz o, literalmente, de mala muerte. Las dudas muerden la cabeza de Mariana. La bestia puede estar ahí sólo para seguirla pero también puede intentar llevársela. Ni se ve la utilidad de bajarse en la primera parada ni, a partir de nada, de una mujer y un hombre que viajan separados y ni siquiera se conocen, puede crearse un cuadro que le gane la ayuda de otros hombres. A menos que… Mariana recupera verdades elementales sobre su condición: «Una clandestina es una actriz. A veces pueden tocarle papeles desagradables, pero, si quiere brillar en el último acto, le convendrá eludir el rol de mártir». Renunciar al martirio. Eso piensa hacer. ¿Pero cómo? Ella está ahí. A su lado está la bestia. Encerrándolos está el colectivo. Su cerebro es un vértigo de imágenes que mezclan violaciones, golpes, capuchas y cadenas, ponen electricidad en el lugar de las caricias, se prodigan en inyecciones narcóticas y vuelos de la muerte. Imágenes que —oscuramente se sabe— son pálidos reflejos de los horrores que esperan a quienes caen en los campos. Las palabras dicen poco: dolor, agonía, muerte, dicen poco. Para entender de qué se habla puede uno poner un dedo sobre el fuego y sentir lo que se siente, multiplicarlo por meses o por siglos y acompañar cada minuto con los nombres de la ausencia. Y después adiós. Hasta nunca. No más Mariana. No más marido y no más hijo. Mariana perdió. Fue chupada. Desapareció. Es un número ahora. Es una placa NN. Es comida de los peces. Es un cartel en la Plaza de Mayo. Es una entre treinta mil desaparecidos. No más marido y no más hijo, vuelve a pensar y recuerda que el Negro anda en la calle y volverá con la noche. Pero el Chato está en su guardería, allí la espera, de allí debe recogerlo. ¿Qué va a pasar si ella no vuelve? Llamarán al departamento donde no hay nadie. ¿Y luego qué? ¿Avisarán a la policía?... ¿Qué hace una guardería en esos casos?... En Buenos Aires 1977, una guardería de niños está informada de que hay padres que no regresan a sus casas. El aviso a la policía puede iniciar una trampa donde caiga el Negro. ¿Qué hará ella para que no la arranquen de su vida y de sus seres queridos? ¿Qué, para que no le destrocen la existencia?... No sabe. Su cabeza se parte y no lo sabe. Sigue subiendo gente a ese colectivo donde ya no cabe nadie. La bestia avanza por la fila del centro. La mujer siente algo turbio y azufrado en las espaldas. Una tensión casi insoportable presiona cada uno de sus músculos. Mariana no ignora que en cosa de minutos, ya echados a caminar, se cifra su futuro, tampoco ignora que en un colectivo lleno y fiel a la épica del toqueteo, toda espalda se convierte en eufemismo.

¡Si el colectivo contara sus anécdotas!... sin dar nombres porque un colectivo es ante todo un caballero, podría hablar de tiempos en que añejas represiones arrojaron a su estómago legiones de bacantes insatisfechas, féminas locas que lejos de rehusar palmas sudadas y calientes rigideces, con ocultas artes estimularon el funcionamiento glandular de los amantes interruptus. Sabe el colectivo que esas mujeres todavía circulan; en ocasiones vuelven para reproducir su erótica comedia. Y como nadie es insensible, menos aún ante la lujosa vecindad de las caderas de Mariana, ocurre que al quedar instalados la bella y el perseguidor espalda a frente, (espalda es un decir), un acto mágico se produce: Eros vence a Thanatos: conspiraciones y bandos políticos postergan planes, odios y trabajos ceden paso a instancias superiores. El embrujo del sexo exige dedicación exclusiva. Por más asesino nato que alguien sea... Por seguro que se encuentre de que esa pérfida persona es enemiga de uniformes y gobiernos de facto... Aunque coincida exactamente con la descripción recibida del sujeto a controlar —rubia bocado de cardenal, 23 años, viene por Mendoza y toma el 59 en Cabildo y Juramento—... Pese a encarar sus misiones con eficacia y odio funcional, nadie, absolutamente nadie, ni el jefe del Servicio de Informaciones del Estado, ni los capos del G2 y de la Inteligencia naval, ni el último recluta de Aeronáutica, Gendarmería o Policía Federal, ni el número uno de la CIA y ni siquiera —quizás— el estreñido de Videla... En fin, ningún varón con sangre en las venas resiste la suave redondez de unos glúteos femeninos.

El varón incursiona con audacia. Avanza un muslo hacia una de las doradas manzanas y una mano hacia la otra. Nadie le ha dicho que es lo peor que podría hacer. No conoce lo bastante a su objetivo como para establecer pautas correctas de acción y reacción, y como Adán, tiende a equivocarse. Es el fin de una etapa y el comienzo de otra. Última parada para el hechizo del sexo y arribo a la estación de *parabellum*. La mujer no necesita pensar nada. Alguien ha resuelto hace mucho esas cuestiones. Producido el agravio, las consecuencias tienden a ser devastadoras. Ni mirada fulminante ni acometida verbal. Saltándose los preliminares, Mariana opta por la masacre. Con toda la fuerza de su adrenalina desquiciada, carga un puño de violencia hacia delante y lo descarga en reversa, incrustándolo en los testículos operativos. Al mismo tiempo grita. Los dos gritan. El gorila doblado, de dolor; Mariana, de frenética dignidad ofendida. «¡Degenerado, asqueroso, inmundo, andá a manosear a tu abuela, montón de basura, que te encierren en un manicomio, masturbador, marica!» Mientras despide las tensiones acumuladas, la bella gira y empuja violentamente a la bestia desparramándola entre zapatos fugitivos. Cuatro larguísimos metros, llenos de gente asustada y divertida, separan a Mariana de la puerta trasera del colectivo. Ésa es su meta ahora. Todo valdrá nada si no la alcanza. Con astucia de condenada, aplica un truco de eficacia dudosa. «¡¿Qué, no hay un hombre capaz de protegerme de este inmundo degenerado?!» Suplica, exige, y se abre paso.

La conducta del colectivo —¡Si habrá visto escenas parecidas!— se forma con los aportes de personajes habituales. Ante todo: *No te metás*. «Nunca sale bien el comedido.» Individualismo conservador del móvil y recuerdo de anécdotas aleccionadoras: el caso del que se metió a separar y recibió la puñalada, etcétera. Junto a *No te metás* interviene *Hombre de bien*: fiscal y juez severo de los hechos. Si el colectivo alberga diez tocadores y uno es descubierto, los otros nueve aprovechan para tomar distancia y declararlo leproso. Su actitud se dirige al resto del pasaje: «Ven, el tocador es él. Nosotros somos decentes. Se dan cuenta con qué escoria nos toca compartir el viaje». Lo mismo pasa cuando alguien expulsa olores de cloaca y huevos podridos. Todo el colectivo frunce la nariz y pone cara de vinagre mientras arroja sospechas hacia los costados. La única manera de ubicar al culpable es elegir al que más frunce la nariz y con más sospecha observa a sus vecinos. *Hombre de bien* y *No te metás* producen una reprobación no traducida en hechos. Pero además, única esperanza para Mariana, algunas veces —cada vez menos—, el colectivo suele incluir a otro sujeto: *Quijote moderno*. Defensor de desvalidos —preferentemente, desvalidas—. Demostración de la buena siembra del viejo Quijano y de la permanencia de su arquetipo en el imaginario colectivo. Y en el colectivo, sujeto plural, compacto muestrario de la sociedad rioplatense, cabe esperar, al menos entra en lo posible, que aparezca *Quijote moderno*. Por ejemplo, ese anciano que mientras el caído intenta incorporarse lo increpa en discurso indirecto: «Hay tipos sin educación, animales escapados de la jaula», y le aplica una de esas miradas furibundas usadas por los viejos como último cartucho contra la impiedad de un mundo que los declara inexistentes.

Quizás en el peor momento de su currículum operativo la bestia multiplique por seis cifras su odio contra Mariana y decida neutralizarla en el lugar. Tal vez el martillazo en los testículos, la calidad de abanderado de los subnormales ganada en un minuto, la imaginada burla de sus compañeros, la humillación de estar alzándose del mugriento piso de un co-

lectivo rodeado por gente que lo odia y lo desprecia, como
ese viejo que discursea cada vez más alto: «Bestias son, maricas que sólo se atreven con una pobre mujer indefensa», más
la terrorista escapándose sin dejar de gritar un solo momento: «¡Ayúdenme, por favor, déjenme bajar»... Todo eso sumado, produce el milagro del lenguaje y el antropoide habla:

—¡Callate la boca, viejo de mierda, o te mato!

No se deben esperar grandes discursos, pero la palabra
es en sí misma un triunfo de la inteligencia, demostración de
las aptitudes alcanzadas por el cerebro de un paramilitar. La-
mentablemente para él, falta lo peor. *Quijote moderno* decide
aparecer, y, para ratificar la fe de Mariana en el proletariado,
encarna en dos robustos viajeros con aspecto de mecánicos,
quienes entre caballerescas voces, tipo «A este hijo de puta lo
reviento», «Le voy a quitar las ganas de franelear para toda la
vida», se le echan encima y justo cuando con fastuosa elo-
cuencia el hombre señala a Mariana y vocifera «Es una te...»,
le parten la boca con la primer trompada. Escena a partir de
la cual uno de cada dos viajeros rompe a gritar, los mecánicos
hacen puré de bestia operativa, Mariana encuentra la puerta
trasera y logra saltar a la calle, y el colectivero decide: «Vamos
todos a la comisaría» y con un volantazo cambia la ruta del
vehículo, favoreciendo que la mitad de los ocupantes se des-
parrame sobre los demás y que un despistado Fiat 600 cruzado en su camino pierda las defensas traseras.

◆ ◆ ◆

Mariana toma un taxi y vuelve al departamento. En el trayec-
to no puede evitar el llanto torrentoso. Inventa un enfermo

grave para la curiosidad del taxista. Llena dos bolsos con ropas y algunos objetos y coloca en una ventana la señal de peligro, una servilleta roja que indicará a los compañeros la
conveniencia de alejarse del lugar. En otro taxi viaja hasta
una esquina de Villa Crespo. Llama desde un teléfono público. Camina dos cuadras y entra en un edificio de departamentos. Por la ventana de la cocina mira un horizonte nuevo:
techos, lavaderos, más ventanas. Ha perdido otra casa. En-
ciende un cigarro.

Informe de Césare

Césare D'Amato, nombre de guerra Puma, integraba un equipo cívico-militar de operaciones antisubversivas, iniciado con nueve elementos a órdenes de un capitán y adelgazado a la mitad por golpes guerrilleros.

Enterado de que el operativo Puma se llamaba Césare, su jefe, un hombre de ochenta libros en el modular, lo apodó Lombroso.

En el informe presentado por Césare constaba que «se» esperó la aparición del objetivo sin resultados. Ninguna rubia bocado de cardenal, veintitrés años, etcétera, caminó por la calle Mendoza ni tomó el colectivo 59 en Cabildo y Juramento. Hubo rubias vistosas por la zona y mujeres del montón abordaron el mencionado transporte, pero la conjunción esperada no se produjo. El hecho no era extraño ni violentaba la rutina: los sospechosos solían no estar disponibles cuando se trataba de seguirlos. Para los servidores de la ley lo normal era buscar con ahínco, esperar con impaciencia, frustrarse abundantemente y cazar lo que se dejara.

Había mucho trabajo y poco personal operando en esos días, por ello el jefe, después de interesarse en saber si Césare había sido atropellado por un tren —«Me caí por una escalera, mi capitán»—, consideró necesario verificar con su agente la conveniencia de mantenerlo en la zona o derivarlo a otras actividades.

—En una semana la vieron tres veces, pero el día que te mando seguirla, para vos no está…

Acerados colores militarizaban muebles y paredes de la oficina. Todo allí era —como debía ser— pulcro e impecable. San Martín y Videla, enmarcados en madera negra, vigilaban los actos de sus subordinados.

—Qué quiere, mi capitán… el día que yo compre un circo se me van a morir todos los enanos.

—¿Qué… sos mufa?

—No, mi capitán. Pero a veces hay mala suerte.

—La mala suerte no existe, Puma. Si se trabaja bien las metas se cumplen y si se trabaja mal no se cumplen. Eso es todo, y si vos sos un inútil a mí no me servís. ¿Entendés?

—Sí mi capitán, pero también pasa que un día llueve sopa, y es justo el día en que uno está ahí abajo esperando con un tenedor. Y si no, fíjese en la cantidad de operaciones fracasadas en el último mes. Y nadie le va a decir a usted que es un inútil. Sin embargo, a veces las cosas no se dan.

—No te hagás el boludo. Hablamos de vos. De lo que te encargué y no hiciste. Y acabala con la mala suerte, porque si sos mufa tampoco me servís. Yo necesito gente eficaz y ustedes son una manga de tarados. ¿A ver, decime, cuántas rubias pasaron por la calle Mendoza?

—Manadas, mi capitán. Las que empiezan de morochas, en esa calle terminan por ser rubias. Seguí a todas las que estaban buenas pero ninguna tomó el 59.

—¿Dónde te pusiste?

—Iba y venía, mi capitán. Por Mendoza y Cabildo. Dos horas en el terreno, sin novedad. Quizá mañana el objetivo aparezca. Hoy puede haber tenido otra actividad. Si es un minón como usted dice, a lo mejor estaba encamada con los jefes de la guerrilla. Nunca se sabe con los subversivos.

—¡Cómo que nunca se sabe! ¡Nosotros sabemos, Lombroso! Sabemos porque trabajamos con método, científicamente. ¿Entendés? ¡Qué carajo vas a entender! ¡Si vos pensás en esa rubia y únicamente pensás en un culo! ¡Ni te das cuenta de que estamos salvando a la patria! ¿Y vos creés que un culo es más importante que la patria? ¿Eso creés? Pero no, estás muy equivocado. Sos un inútil y un mufa. ¡Tomátelas! ¡Rajá de acá! ¡Mañana repetís el chequeo y más te vale volver con noticias! ¿Entendiste?

—Sí, mi capitán. ¿Puedo retirarme?

—¡Desaparecé! ¡Hacete humo!

—No se preocupe, mi capitán. Mañana voy a tener más suerte.

Al salir, Césare encontró a uno de los compañeros de su equipo. Halcón traía informes negativos y llegaba con ganas de no llegar a la oficina.

—¿Qué te pasó, Puma? ¿Te caíste por una escalera?

—No. Me atropelló un tren.

—¿Cómo está el Capi?

—Tranquilo, como los locos.

—¿Echó bronca?

—Para nada.

—¿De qué hablaron?

—De la mala suerte. Ya sabés, el día en que la mierda se

cotice en la Bolsa, justo ese día nos vamos a quedar sin culo. Andá. No pasa nada.

Césare tuvo una idea «genial». Al día siguiente esperaría el paso de la rubia en el café de Cabildo y Juramento, con otro aspecto para no ser reconocido, y cargaría con ella a punta de pistola. Sería como *El rapto de las once mil vírgenes* que había leído en el *D'Artagnan*. «La guardo en mi cueva y presento otro informe negativo. Mala suerte para el capitán, que se la está buscando. Ese tipo no sabe tratar a la gente. Ya me tiene podrido.» Cuantos más informes negativos recibiera su jefe, menos podría actuar y, con suerte, pronto le quitarían el mando. Césare mataría tres pájaros de un tiro: golpeaba al capitán, salvaba la patria y ajustaba cuentas con el bocado de cardenal. «No sabe con quién se metió esa yegua judeo-comunista. Va a llorar como un cocodrilo cuando se entere.» Necesitaba un coche. Lo demás sería pan comido. «Gran idea, Césare, digna de aquel famoso científico italiano a quien le bastaba mirar la cabeza de un tipo para diagnosticarle el prontuario. Fabulosa ciencia que, si la tuviéramos acá, nos permitiría neutralizar a los terroristas desde chicos y proteger más eficazmente a la sociedad.»

Encuentros en la niebla

La estufa dentro y el frío afuera inventaban la niebla. Tras los vidrios empañados —sabedor de que vendrán tiempos mejores—, el árbol de la esquina resistía los rigores del invierno porteño. Hombres y mujeres pasaban apurados, iban a trabajar o regresaban de hacerlo, la vida les alcanzaba para ocuparse de sus asuntos. Instintivamente se apartaban de las luces de coches patrulleros que parecían flotar en el asfalto. El ritmo intermitente de lo rojo creaba la imagen de un corazón bombeando sangre. Rojo, negro; el corazón, la fiera. Mariana y el Negro analizaron una ruleta rusa frente a la que, con optimismo, podría hablarse de la elegancia del arma utilizada.

«¿Hay más café?» «Algo queda.» «Es bueno que quede algo de algo, porque de lo demás no queda nada.» «No sé.» «Mejor no saber, así duele menos; pero mejor sí saber, porque ayuda a esquivar los zarpazos de la muerte.» «Eso parece tango. ¿De quién es?» «Es mío, lo compuse para vos, te lo regalo. Se llama *No Va Más*, se llama *Sé Finí*.»

—No sé.

Aunque apenas eran las cinco de la tarde, la noche caía sobre la ciudad. En bancos y edificios de transnacionales, en cuarteles y seccionales de policía, la gran novela negra de Argentina guardaba sus secretos. Luces en edificios de departamentos descubrían los lugares donde la gente se encerraba con un televisor.

Figuras fantasmales atraviesan la niebla, saludan y se van. Son los invisibles. Los que desaparecen en las madrugadas. Aquellos de los que pocos saben y pocos sabrán durante mucho tiempo. Sus trajes verdes, hechos con algas de las profundidades del Río de La Plata, dificultan reconocer en ellos a obreros, campesinos, maestros o alumnos; ojos comidos y carnes quemadas no permiten saber si son peronistas, izquierdistas, militantes, simpatizantes, tibios o indecisos;[2] los carteles NN protegen su identidad. Un funcionario de la junta militar explica que los desaparecidos toman sol en Europa, están todos en la Costa Azul. Un abogado invisible presenta un hábeas corpus. Paco Urondo se adelanta y recita un poema: «Cada uno cuenta con venturas iniciales y supuestamente inofensivas; no son las historias personales, reliquias preventivas; es un presagio que inaugura la extinción, que crece en el alma y se va convirtiendo justamente en memoria».

—Anoche lloraste en sueños.
—Lloro en sueños para no interrumpir la fiesta de la vigilia.
—¿Sos tarado o te hacés?
—Me hago el tarado para encubrir lo inteligente que soy cuando no finjo.

Se hablaba para no hablar, para evitar ser aplastados por la caída de las más poderosas certidumbres. Sin embargo, Mariana y el Negro, primero a solas y después el uno con la otra, sabían que la realidad había dejado de ser como decían que era. Lo de siempre: se asimilaban los golpes porque «El futuro es nuestro», se los negaba mientras era posible, a la hora de admitirlos se los minimizaba, hasta que la derrota era tanta que invadía el sabor de la comida, aparecía en el humo del cigarro, confundía sus formas con los espejos y los mapas del lugar donde vivían.

El viaje de Mariana en colectivo demostraba que los enemigos estaban cerca. Los traían en los talones, y eso obligaba a considerar la integridad del resto de los cuerpos. Especialmente cuando los compañeros caían por decenas y los lugares considerados seguros recordaban que «A Seguro lo llevaron preso». Inocente frase que convenía *aggiornar*, porque ya no había cárcel para los perdedores. Ahora los chupados se iban al infierno.

—No era exactamente en los talones donde traías a tu perseguidor. Aclarado, eso sí, que a mí también me gustaría perseguirte esos «talones» redonditos.

Parlamento seguido por insultos femeninos que un hombre debe aprender a interpretar.

—A propósito, ¿a qué hora tomás el próximo colectivo? Más de imbécil, tarado, etc.

Afuera continúan los oficios de la niebla. El funcionario de facto dice que Argentina fue víctima de una conjura del terrorismo internacional. Un diputado, con la mitad del cuerpo en sombras, promete llevar el caso de los invisibles al Congreso. Rodeado de pájaros, Haroldo Conti se sube al árbol de la esquina para contar *La balada del álamo Carolina*. Rodolfo Walsh esgrime una investigación y tirotea a los esbirros. Funcionario: «Los argentinos somos derechos y humanos». Un obispo invisible arranca con una misa. Urondo no se calla: «Todo ocurrió alevosamente y bailamos hasta el mareo que movió el mundo y puso todo en orden desconocido y dejamos de conformarnos». Funcionario: «Las Naciones Unidas son un nido de víboras dominado por comunistas». El director de un diario pasa vestido de fusilado. Una mujer mayor llega a la Plaza de Mayo, ata un pañuelo blanco en su cabeza y camina en torno a la pirámide. Funcionario: «Está loca». Los muchachos se cortan el pelo; las muchachas bajan sus faldas; los hippies consiguen trabajo en la ITT. Los vecinos van y vienen, ni ven ni oyen ni hablan, la vida les alcanza para ocuparse de sus asuntos y mirar televisión. Los invisibles saludan otra vez. Desde la niebla que crece en los ojos de Mariana prometen no abandonarlos nunca. Un cantor denuncia que el siglo veinte es un despliegue de maldad insolente.

El Negro terminó su cigarro. También los pájaros del árbol de la esquina se habían vuelto invisibles. Miró a la mujer de ojos de niebla y le dijo: «Llegó la orden de salir. Nos vamos». Ella respondió: «No sé». La habitación se llenaba de niebla mientras hacían las maletas.

Lavorare stanca

Puma, Halcón, Tigre y Cobra sesionaban alrededor de dos pizzas grandes con fainá y una damajuana de vino tinto.

—Señores, el zoológico está abierto. Tiene la palabra el compañero Puma.

—¡Muy gracioso! ¿Quién te escribe los libretos… Carlitos Chaplin? Bueno, muchachos, la pregunta de hoy es ésta: ¿No están cansados de que cuando compran un billete de lotería el premio salga en letras?

—Yo sí.

—Yo también.

—¿Y vos, Cobra?

—¡Ni te cuento!

El aguantadero de Césare brindaba la discreción que ningún lugar público podría ofrecer a hombres dedicados a la ocupación más frecuente en el Buenos Aires de los últimos años: conspirar.

—A mí me pasa lo mismo y creo que, al menos una vez en la vida, la caridad debe empezar por casa. ¿No les parece?

Con cincuenta por ciento de asentimiento y otro tanto de silencio, Césare continuó:

—Está muy bien defender la patria y combatir al comunismo que pretende ver flamear sobre sus ruinas un inmundo trapo rojo, pero digo yo, nosotros, ¿cuándo vamos a salir de pobres?

—Si seguimos así, el día del arquero.

—¡Ojo! Porque botín de guerra hay: casas y departamentos donde les guste. Como los dueños leen el diario, se enteran de lo que pasa y cada vez investigan más a los inquilinos, resulta que ahora los guerrilleros alquilan menos y prefieren comprar sus viviendas. Así sacan a pasear los billetes de los colchones y evitan que un curioso venga a golpearles la puerta el primer lunes de cada mes. Lo que no evitan son los golpes nuestros. Entonces, botín hay, pero las casas se las quedan los oficiales. Ya ven que el capitán y ese teniente, socio suyo y sobrino de Suárez Mason, hasta pusieron una inmobiliaria para venderlas.

—Sí, y a nosotros qué nos dan: una radio para los cuatro, una heladera con restos de dinosaurio y un televisor descompuesto.

Los cuatro guerreros representaban la parte cívica del grupo de operaciones antisubversivas. Tal calidad podía rastrearse en el hollín seboso adherido a las paredes, en las ninfas que amarilleaban desde remotos almanaques, en las botellas vacías que decoraban los rincones de la estancia, las ropas tiradas por el piso y el estilo provisorio de sus ocupantes.

—¡El capitán es un hijo de puta!

—No, no es el capitán, es decir, sí es él, pero la verdad, son todos. Los oficiales se llenan de oro a costa nuestra. Nos usan de carne de cañón. Nosotros ponemos la sangre y ellos, modestamente, se quedan con la guita.

—Vos, Cobra, no decís nada pero cómo aprovechás para morfarte toda la pizza, eh. Ya te vimos, pará un poco, dejá algo para los pobres.

—Es que se las traga enteras. Después duerme y hace la digestión. Cuando despierta se enrosca en un perchero y escupe los carozos de aceitunas.

—Sí, Cobra, siempre Cobra —remedó el aludido.

—Les cuento una genial. Un sábado fuimos con Cobra y el capitán al *Manacar* de Floresta. El Capi recitaba un verso sobre la Argentina del futuro. Pidió una pizza grande de salame con morrones, dos cervezas de litro y se puso a hablar. El Capi hablaba y Cobra comía. Yo me di cuenta de cómo venía la mano y aparté unos pedazos para mí. El capitán dale con su discurso y Cobra morfando por el campeonato. Entonces, de repente, el jefe quiere servirse pero ya no queda nada. ¡No se imaginan el escándalo! Vinieron dos mozos convencidos de que estábamos peleando. Y entonces el Capi le dice: «Sos un mal nacido, Cobra, sos un egoísta y un desconsiderado», y hasta de lo que se va a morir le dice. Y Cobra lo mira, con esa cara de crucificado que acostumbra, y contesta, «¿Pedimos otra, mi capitán?». ¡Fue bárbaro! ¡Cómo me divertí esa noche!

Cobra sonrió, luciendo su modestia.

—Y cuando reventamos al boga ese de derechos humanos que vivía por Retiro… ¡Para cagarse de risa! Apenas controlábamos el lugar. Todos corríamos por las escaleras, juntábamos a los hijos del objetivo y a la sirvienta, revisábamos cada rincón y amenazábamos a todo el mundo, cuando lo vemos a Cobra, muy instalado en la cocina, con la cabeza metida en el refrigerador… ¿Se acuerdan? ¡Por suerte el Capi se había quedado afuera, porque si no le mete un tiro en la sabiola!

—Sí, pero el asunto justamente es ese —Cobra encontró un camino para cambiar el rumbo del discurso—: El capitán estaba fuera. ¿Cuántas veces entró a operar en los últimos meses? ¿Una por mes te gusta? Ellos miran el espectáculo y a nosotros nos mandan a la guerra con un tenedor. Los terroristas nos gastan a balazos. Éramos nueve y quedamos cuatro. ¿Qué somos nosotros… los muertos por la patria?

—Y lo peor es la falta de consideración, porque ese capitancito nos trata como si fuéramos sus enemigos.

—A mí que me trate así, porque yo soy su enemigo.

—Bueno, tampoco nos pongamos en extremistas, ¿no?

—¡La poronga del mono Pancho, extremistas! ¿Vos te acordás cuando perdió el Elefante?

—¡Pobre Elefante! ¡Cómo no me voy a acordar! Fue en la boleta de aquella pareja de Palermo. El Elefante entró pateando la puerta y ahí se quedó, con un tiro entre las cejas.

—Le hicieron su tercer ojo, como a Buda.

—Más respeto con los muertos. Pero déjenme contar. La viuda del Elefante, como sus aguzados sentidos habrán detectado, está más buena que Zulma Faiad. Yo le hice unos chequeos operativos en el velorio, hablé con ella, me presenté como el mejor amigo del finado y prometí entregarle unos objetos de su pertenencia.

—¡Vos sí sos un amigo, Tigre, eh! El pobre Elefante todavía no encontraba su cementerio y ya le estabas arrimando el colmillo a la paquiderma.

—¡Ojalá hubiera sido así! Aparte de que el Elefante me debía una, y en paz descanse pero bien merecido lo hubiera tenido, porque el degenerado ese se cogió a una sobrina mía de quince años, hecho del que me enteré despúes, que si llego a saberlo antes, lo mato.

—¿Y cómo te enteraste?

—Me enteré porque yo también me la cogí y ella me contó. Podés creer que el hijo de puta del Elefante me acompaña una vez a la casa de un primo mío, de donde yo iba a retirar un bagayo, y ahí estaban mi sobrina y su hermano menor, el Tigrito. Le digo así porque más parece hijo mío que del lento de mi primo. Tiene diez años y ya me trae informaciones de la escuela: que quién es judío, quién habla mal de los militares, y asuntos así, de los que forman el carácter y proyectan la figura de un auténtico argentino.

—¡Mirá cómo habla el Tigre… parece un prócer!

—¡No te mueras nunca, luchador!

—No jodan y dejen contar. Entonces, mientras yo me ocupo del bagayo, el Elefante se queda hablando con los pibes y les sonsaca el nombre de su escuela y la hora de salida. Al otro día se le aparece a Julia, así se llama mi sobrina, se hace el encontradizo y la lleva en coche hasta la casa. Tres días después se le aparece de nuevo, le compra un kilo de helado y la mete en un hotel. Y una tarde, después de la caída del Elefante, yo estoy ahí en un telo con Julia, y ella me dice que ese lugar ya lo conoce y que en esa pieza estuvo con el Elefante. ¿Podés creer?

—Bueno, son historias. Yo una vez me estaba cogiendo a la jermu de un demorado en su coche, por una calle de Mataderos, cuando escucho un zafarrancho y veo entrar dos autos en la cuadra reventándose a tiros. Un *Falcon* quedó hecho pomada a tres metros de donde estábamos. Del otro coche bajaron dos monos y les vaciaron dos cargadores de Uzi a los sobrevivientes. A mí se me arrugaron hasta las uñas y la mujer del demorado empezó a gritar como si fuera la viuda de los muertos. ¡Un quilombo! Los monos se nos vinieron encima y nunca sentí tan cerca la boleta. Pero eran gente piola y al ver que estábamos cogiendo les dio risa y nada más me quitaron la mina. Desnuda se la llevaron, a cachetazos para curarle la histeria. Me ordenaron desaparecer y se fueron. Cuando volví al trabajo el demorado estaba libre. El coche lo tiré por ahí. No sé qué habrá pasado al día siguiente.

—Acábenla, pajeros. Vinimos a hablar de un asunto importante. Hay una propuesta para hacer mucha guita y ustedes pierden el tiempo hablando de mujeres. ¿Quieren hacerse ricos, sí o no?

—Tranquilo, Lombroso. No te calentés. Mirá, vamos a comer un pedazo de pizza antes de que Cobra acabe con todo, escuchamos la historia del Tigre y la mujer del Elefante, que está más buena que Susana Giménez, y ya después hablamos de negocios. ¿Eh, te parece?

—La historia es que no hay historia —precisó Tigre—. Al otro día junté unas porquerías guardadas por el Elefante en mi casa, agregué una botella de *Bols* holandesa, pensando recitarle un verso sentimental a la Elefanta y hacerlo crecer con unos tragos, para primero verla llorar, segundo proceder caballerescamente a consolarla, y tercero lo que sus malas intenciones están imaginando. Todo inútil. Cuando llegué a su casa me había ganado el capitán. Ahí estaba, tomando licor de pera, apestándole el living a la mina con su agua de colonia y mirándome con cara de serio por afuera y de no aguantar la risa por adentro. ¿Qué iba a hacer? Entregué las cosas, dije tres giladas de compromiso y me fui. Cuando volví a verlo, el capitán me habló del reclutamiento de la esposa del difunto compañero, etcétera. «La señora» ya tenía funciones, tabicadas, y yo no debía ni pisar su domicilio. Todo muy oficial y muy legal. Muy contento, el hijo de su madre, porque me había jodido.

—Señores, la comida se acaba. A efectos de continuar esta sesión, propongo votar en democrática asamblea que Cobra compre otras dos pizzas.

—¡Sí, Cobra, claro, como si ustedes no morfaran! ¿Por qué no va Césare, que es el de la guita?

—El precio de tu riqueza son dos modestas pizzas, Cobra. ¿Te conviene?

—Dale, Cobrita. Traete otra grande de aceitunas negras y una fainá. De paso, agregale una ginebra. Garpá vos y después arreglamos.

—Garpá vos, garpá vos. ¡Todos tienen un cocodrilo en el bolsillo! —Cobra salió refunfuñando.

Consideraron el caso: un industrial de Martínez, Beta, con fábrica en San Fernando, que se movilizaba con un chofer armado por única custodia. Podían levantarlo en la mañana, cuando iba a la fábrica, o por la tarde, cuando regresaba. Lo cargaban en una lancha y lo escondían en El Tigre. Césare tenía noticias de un chalet desocupado.

Con otros

Vagamos por el puerto, por Cidade, hacia el mar. Perdimos todo; estamos vivos; la revolución seguirá siendo un sueño eterno. Mariana exhibe abrigo de zorro en el Aeroparque bonaerense; contribuye a conservar la luz cuando el sol cae sobre Paso de Los Libres. Disputamos un billete de avión en Porto Alegre: «No quedan. Si quiere boletos, me da un dinero para mí», propone el vendedor. Gozamos con el kitsch de las monumentales plantas de plástico en la rodoviaria de São Paulo. Vivimos en un hotel de paso en Río. No se duerme mucho en una habitación roja con espejos en las paredes. Sin mencionar que a las siete de la mañana están todos en la calle: los coches, los caminadores, las habladoras, los vendedores, todos haciendo ruido. Desayunamos cafezinhos, ovos duros, naranjas y unas tortas de papa rebozadas con pan molido que hacen pensar en potajes africanos, cuscús, quién sabe qué o escupida de camello.

El conspirador que depende del silencio de sus compañeros —dura escuela—, puede topar con la muerte en el revés de la confianza. Amarga derrota del azar rige nuestra retirada. Ningún aviso a nadie, sólo cartas que serán entregadas cuando estemos en Brasil. Uno debe tener documentos para la retirada, casas de seguridad personales, amigos y recursos propios. De Paso de Los Libres cruzamos a Uruguayana en taxi. Alumbrado con velas, el puesto argentino de migración está en penumbras, y el uniformado a cargo sólo espera ver morir su turno para dedicarse a contrabandear hornos de microondas y televisores a color. Hacemos nuestra comedia de respetables clasemedieros, turísticos, solventes; lamentamos el corte de luz: «¡Qué barbaridad! ¡Y este señor, con todas sus obligaciones! ¿No habrá sido un atentado guerrillero?». «No exageres, Mariana.»

Sin probar alcohol entro borracho en Uruguayana. El cielo se agranda en las llanuras, acerca su bóveda, campana metafísica que ocultan las ciudades. El cruce hacia la noche y el ingreso a un espacio desconocido aprovechan nuestros movimientos interiores para transformar a un paisano silencioso —cuero en la ropa, concentración en la mirada—, en arquetipo del *gaúcho*, centauro del *sertão* brasileño, imaginario *cangaceiro*. Y yo ahí como sastre en carnaval, en ese tugurio mirando las botellas, estudiando las etiquetas escritas en portugués, moviéndome en la frontera como en casa, conocedor de usos y costumbres, pidiendo con desparpajo una *cerveja*. Y el cantinero que me mira, me radiografía en un instante, y con esa pasión reduccionista con que todos los provincianos del planeta «saben» que únicamente un porteño puede llegar a Uruguayana y pedir una «cerveja», con ironía que anda suelta por el aire, que es del cantinero pero también de quien quiera tomar una tajada, y con el estilo desapegado de quienes hablan portuñol y apenas se interesan por países y banderas, me considera con calma cordial, me aplica una sabiduría de campos abiertos, en un segundo a lo Einstein dibuja un niño de General Viamonte suspendido entre la pampa y la vía láctea, con su interrogación me guía y me acompaña. Responde: «¿Una cerveza?». Y yo: «Sí, eso, una cerveza».

Vagamos por el puerto. Cruzamos a la isla de Niteroi. Elegimos la marca de cigarros que mejor se nos acomoda en la garganta. Compramos una botella de cashasha con un insecto dibujado en la etiqueta. Veraz y autocrítico mensaje, ya que el brebaje tiene gusto a hormiga. Aprendemos que el ejército de trabajadores que a las siete de la tarde huye del centro a la velocidad del miedo testimonia sobre la noche en Cidade. Tenemos una cita el día 9 con los compañeros ya instalados en Río, a repetirse en cada jornada, como máximo hasta el día 16: Bar Olimpo, en Avenida Costanera y Rúa Sa Ferreyra, a las seis de la tarde, con la revista *Gente* o *7 Días* sobre la mesa. Las calles del centro albergan una corte de mendigos, ciegos, paralíticos, purulentos, tullidos. Nada qué hacer, todo nos gusta. Alzados de una catástrofe, nacemos de nuevo. Determinados a liquidar la pesadilla, brindamos por las trampas de la naturaleza y bailamos en homenaje a la supervivencia de la especie.

Los días 9, 10, 11 y 12 nadie viene a la cita. El hotelero desconfía. Por qué se quedará esa pareja, para peor con un niño, en su hotel de paso. Pide dinero y pagamos imperturbables. No pienso renunciar al espejo de la pared oeste, frente al que nocturnamente esculpo la estatua de la Venus del Barón Teffei. (Así se llama el hotel: Barón Teffei, y en cuanto a la diosa, las peregrinaciones al Bar Olimpo se prestan para

fabular combinaciones grecorromanas. Aparte de que, baján-
dole al delirio, el seudónimo es recomendable para mejorar
chances con una mujer.) Los días 13, 14 y 15 pasan sin novedad. Contamos el dinero que nos queda; postergamos preguntas, desamparos.

La mañana siguiente se parece a las anteriores: calor, va-
gabundeo, tambores de ansiedad. A las seis de la tarde estamos donde siempre. La revista 7 *Días*, tan conocida ya por los
camareros, se aburre sobre la mesa. Rituales cervezas se ca-
lientan. Un hombre joven se acerca y pronuncia tres palabras
mágicas: «¿Ustedes son argentinos?». Nos atropellamos para
responder. El hombre insiste: «¿Sos fulano?». «No, mengano.» «No entiendo, esperamos a fulano.» «Lo siento, soy
mengano.» «Un momento. Ya vuelvo.» Se traslada a otra
mesa donde conferencia con una muchacha, cuando regresa
se ve muy divertido: «¿Así que sos mengano?... A vos te es-
perábamos dentro de dos semanas». Mariana quiere pelear
pero no la dejo.

En Buenos Aires se nos murió hasta el gato. En Río de Janeiro conocemos las estupefacciones de la resurrección. Vemos
la máquina de pelar naranjas, las cañas de bambú de cuarenta metros de altura que al cumplir ciento veinte años florecen
y mueren, el largo sueño de la anaconda en un estanque, las
ofrendas de Macumba en las esquinas y en la playa, los faqui-
res de la plaza Tiradentes. Vivimos en Copacabana. Hay *galhetos* para comer, *cafezinhos* y *sucos* y *cashasha* para beber, *garotas* como pájaros marinos. La magia negra queda atrás.
Ouro, verde y *amarelha*, otra magia nos rodea.

Inmunes a todas las magias, los compañeros oriundos de Santiago del Estero rechazan Río en bloque: Copacabana es una basura, un siniestro muestrario de la decadencia burguesa. Ellos extrañan la fábrica y los quebrachales.

Al rato sabemos, recordamos, que también hay policías, agentes de los servicios de Inteligencia, coordinación represiva entre militares del Cono Sur. Un día nos avisan: «Buscan argentinos en la playa. Las señas para ubicarlos son el blancor panza de pescado y los pantalones de baño hasta la rodilla». Buenas señas en un lugar donde todos usan tangas y lucen pieles como troncos quemados.

Otro día informan: «Tenemos problemas de seguridad. Detuvieron a un compañero. Él dice que lo detuvieron. Lo interrogaron en un local que no identifica. Quieren saber cuántos argentinos hay en Río, por dónde entran, quiénes más van a venir. Lo golpearon. Él dice que lo golpearon. Eran brasileños. Uno permanecía callado, quizá fuera argentino. Después lo trasladaron en un coche. Por un momento lo dejaron solo. Olvidaron una pistola sobre un asiento. Los encañonó y escapó. Él dice. La pistola estaba descargada. Sospechoso. Puede ser un traidor, un agente infiltrado. Debemos redoblar precauciones». Uno recuerda que el peligro no comulga con magias ni abandona la costumbre de rondar a quienes han llegado hasta su puerta.

Opereta

La operación salió redonda. Tres golpes en zonas blandas del cuerpo dejaron sabiamente quieto y mudo al industrial de Martínez, Beta, sólo abocado a la tarea de juntar aire en sus pulmones para poder exhalarlo después. El chofer escolta no volvería a moverse hasta que le aplicaran aceite hirviendo en el infierno. Los operativos se llevaron a Beta en un coche expropiado de un garaje, de ahí lo pasaron a una camioneta y diez minutos después viajaban en lancha rumbo a El Tigre.

Encapuchados, cautelosos, un carcelero y el preso conversaban; estudiaban las palabras, los gestos, el tono de la voz. Aquello útil para descubrir debilidades y conductas esperables, y —de eso se trataba— posicionarse con ventajas frente al interlocutor.

—Mire, esto es sencillo y la verdad es que uno se cansa de verlo siempre igual. Si esta tarde los muchachos y yo ponemos un prostíbulo, apuéstele que a partir de mañana los varones empiezan a nacer castrados. ¿A usted le parece justo?

—No, no me parece justo; pero tampoco la violencia es la solución. ¿Usted es marxista?

—¡Más respeto! Yo defiendo la azul celeste y blanca, y no lo hago detrás de un escritorio, como acostumbran muchos gobernantes, sean políticos o sean militares, mientras discursean sobre la igualdad de oportunidades para el prójimo.

—Eso debe haber: igualdad de oportunidades.

—Muy bien, perfecto, estamos de acuerdo, pero ahora les vamos a tomar la palabra. Entre nosotros la igualdad de oportunidades consiste en que a usted, en vez de secuestrarlo Massera o los guerrilleros, como podría pasarle a un tipo que es dueño de una fábrica y circula regalado... ¡Qué le pasa, don Beta! ¡No sabe dónde vive!... Prosigo. Decía que en esta oportunidad el impuesto de guerra se lo van a cobrar argentinos normales, ni mesiánicos de izquierda ni mesiánicos de derecha, hombres patrióticos pero muy aburridos de que su salario no sirva para pagar una función de cine.

—Mire, en primer lugar haga el favor de no contarme nada, porque yo quiero volver a mi casa, y la mejor manera de lograrlo es seguir encapuchado y no enterarme de nada. ¿Okey? Porque si no veo ni escucho nada, tampoco puedo hablar nada. ¿Cierto? En segundo, con todo respeto, si ustedes están con la legalidad, no pueden hacer estas cosas.

—¿Ah, no?... ¿y qué podemos hacer nosotros?... ¿pedir limosna en la puerta de la iglesia?... ¿qué hacemos mientras ustedes se roban toda la guita?

—Mire, señor... Perdón, ¿cómo debo llamarlo?

—Como acaba de hacerlo: señor.

—Bien, señor. Yo soy un empresario mediano, comprometido con el futuro de este país. Me levanto a las seis de la mañana y trabajo catorce horas por día. No es a mí a quien debe reclamarle, sino a quienes están en el gobierno.

—Sí, claro, porque es fácil reclamarle a los milicos... ¿cierto?

—No, ya sé que no.

—¿Entonces?...

—Yo sólo puedo ayudarlos de una manera legal, incluirlos en algún negocio... algo así podríamos hacer... ¿qué le parece?

—Queremos dos millones de dólares.

—No los tengo.

Aferrados al trabajo, sometidos a las presiones del capitán, quien todos los días inventaba seguimientos, pedía informes, multiplicaba tareas, los conspiradores habían esperado las vacaciones de Halcón para operar. Dos amigos del cernícalo sin antecedentes —Escorpión y Lobo desde su ingreso al comando—, pusieron la cara y documentos verdaderos para alquilar un descascarado chalet de dos plantas en El Tigre. El industrial fue guardado en una carpa de camping montada en el primer piso, envuelto en esposas, sogas, capuchas y vigilado hasta en el baño por un guardia.

La zona era de homosexuales. Gente discreta, que saluda al pasar y no se asombra si ve tres hombres solos. A medio kilómetro del chalet, dos cincuentones de aspecto deportivo eran los humanos más próximos. Una sola vez se acercaron al muelle y, sin desembarcar, ofrecieron «Lo que les haga falta. Ahí estamos, en la isla de enfrente; nos gusta ser buenos vecinos». Actitud retribuida por Halcón, Escorpión y Lobo con idéntica amabilidad aunque mayor distancia, mostrando buena educación y escasa tendencia a forjar nuevas amistades.

Mencionado al resto del equipo —uno de los conspiradores llegaba cada día en la última lancha para recibir novedades—, el hecho permitió a Tigre, Cobra y Puma admitir entre risotadas que «Nunca es tarde para soltarse el pelo», y que «Por fin las muchachas revelan sus verdaderas inclinaciones». Ofreciéndose, de paso y muy amablemente, para traerles del centro lápices labiales, ruleros o unas toallitas para esos días delicados.

El capitán reunió al equipo de Operaciones Especiales, comentó la novedad y exigió el mayor esfuerzo.

—En esta carpeta se relata el delito, se incluyen datos del secuestrado y un montón de informaciones inútiles. Lo importante es, primero: el industrial Beta está emparentado con Martínez de Hoz[3] y es amigo de Massera; segundo: Beta tiene dinero pero ante todo es un cuadro político. Martínez de Hoz quería ponerlo al frente de *Obras Públicas* pero Videla, enterado de su relación con Massera, lo vetó; y tercero: Massera y Viola andan a las patadas, disputándose la sucesión presidencial como si Videla hubiera muerto, y el almirante cree que el secuestro lo hizo el Ejército para presionarlos a él y a la Marina. Debe tenerlo algún comando del ERP o Montoneros, de los que todavía no hicimos pomada. El asunto arde y han decretado prioridad principal encontrar a Beta.

—¿Cuál será nuestra misión, mi capitán? —dijo Tigre.

—Buscarlo, como todos.

—¿Hay pistas? —dijo Cobra.

—Algo hay. Un tipo pasó en coche y a cien metros vio el ilícito. Fueron cuatro tipos, como ustedes según la descripción: «Cuatro monos con pinta de asesinos». Como ustedes. ¿Por qué no se entregan?

—¡No joda, capitán! —dijo Césare.

Ninguno de los hombres reunidos en la oficina del Batallón 601 era nuevo en el arte de mostrar límpida inocencia y genuino asombro, especialmente tratándose de trampas donde estuvieran metidos hasta la nariz. La frase del capitán, entonces, fue asumida por el conjunto como broma, dejando en un suspenso que acentuaba la omitida expresión «por el momento», tanto la dudosa sospecha del uno cuanto la indudable alarma de los otros.

A efectos de establecer planes sobre el caso Beta, el cuarteto comenzó por precisar su panorama. Ante todo el equipo estaba, como de costumbre, recargado de tareas. La victoria era un minón desnudo bajo una sábana cada vez más transparente. Sin embargo, excesiva pasión o falta de prudencia podían boletearlos al borde de la cama. Les habían abierto tremendo boquete a los zurdos y por ahí los capturaban. Con bajas, eso sí, porque esa gente tenía fierros y los usaba. Pero la propia tropa era mucha, los subversivos ya no se renovaban como conejos —a diferencia de años anteriores, cuando por un oponente sacado del ring subían diez a reemplazarlo—, y, con saldos crecientemente favorables al equipo del orden reestablecido, el triunfo se demostraba seguro. También laborioso, porque capturado un zurdo debían trabajarlo. Con suerte, diez minutos; sin ella, hasta perderlo.

(«Respeto a los valientes —decían, repitiendo una frase acuñada en los chupaderos—, pero mis preferidos son los que hablan con la primera cachetada y hay que pegarles tres para callarlos».) Agotadores interrogatorios producían más información. Con nuevos datos se buscaban otros clandestinos, se reventaban más refugios, se boleteaban más oponentes, se interrogaban nuevos detenidos. Sin fines de semana y casi sin dormir, redondeando el círculo de la violencia, porque la patria lo pedía y el minón desnudo agrandaba la sonrisa. Luego, los traslados. El *Cóndor*[4] cruzaba el cielo del cono sur. Se hacían entregas y recepciones de prisioneros en Chile, Uruguay, Brasil, Paraguay, Bolivia. En aviones generalmente, a veces en largas travesías por tierra. Cada viaje debía planificarse y ejecutarse como una operación completa. Ir, volver, cuidarse, entregar, recoger, etcétera. Además, los *traslados definitivos*, para los que debían buscarse lugares inexpugnables. Bajo el agua, en el fuego, envueltos en cemento, a escondidas en cementerios legales. Actuando con prolijidad, sin dejar huellas, pensando en un futuro de secretos inviolables, donde los chupados fueran, como dijera el general Viola, «Ausentes para siempre». Para más diversión podían agregarse los casos de terroristas embarazadas y de propia tropa desesperada por tener un hijo, aunque fuera cruza entre la hija de Drácula y *El bebé de Rosemary*. Que el comandante fulano pide su semilla del diablo, que el brigadier mengano va por su engendro comunista. Confiar en que no traerían un fusil bajo el brazo y repartir cachorros subversivos. En tres palabras: trabajar de niñeras. Y por si todo eso fuera poco, debía ponerse el hombro —y el tiempo y los riñones— para activar la industria del botín de guerra. Transportar fierros, mostrar casas, vender coches, muebles, electrodomésticos y más etcéteras requisados en las viviendas allanadas. (Obviado en la conferencia realizada por cuatro empresarios de la guerra sucia —nunca en el pensamiento de ninguno de los presentes—, que en las últimas tareas mencionadas el Capi se alzaba con la parte de un perro de presa —otros, más poderosos, se quedaban con la parte del dueño del perro de presa—, mientras Cobra, Halcón, Puma, Tigre y centenares de forros como ellos, combatientes que ponían el pellejo contra las balas apátridas, condecorados de aquí a la eternidad con la orden del soldado desconocido, recibían de vez en cuando y más bien a las cansadas, una motoneta descompuesta, un combinado que sólo aceptaba discos de 78 revoluciones o una cama meada por la criatura de Frankestein.)

Es decir que, sintetizado el panorama, en primer lugar estaban recargados de trabajo; en segundo, para buscar algo hacían falta pistas. Y un ciego cuyo testimonio consistía en haber visto de lejos a cuatro monos con pinta de asesinos —«Como ustedes»—, francamente, no era un gran aporte. A un secuestrado se lo podía guardar en la cordillera de Los Andes o en cualquier departamento de la calle Corrientes.

—Vamos a seguir con nuestro trabajo, para eso estamos —dijo el capitán—, pero sin descuidar las tareas en curso, les ordeno circular con los ojos bien abiertos. Activen a sus informantes; pongan orejas a pescar conversaciones en los bares. Ya saben: Beta; el bagayo de Martínez; ídem de San Fernando; rescate; palos verdes, conversas de ese tipo, etc. A propósito, ¿saben algo de Halcón?

«Creo que se iba a Mar del Plata.» «Sí, eso dijo.» «Sí,

habló de Mar del Plata.» «Mi capitán.» «Mi capitán.» «Mi capitán.»

Más tarde, los conspiradores hicieron su propia evaluación.

—Se dan cuenta. Hasta los boys-scouts secuestran industriales y no pasa nada, pero si lo hacemos nosotros el tipo «tiene» que ser amigo del número uno de la marina.

—Sí. Las minas del Ejército de Salvación hacen su secuestro y nadie ve nada, pero si actúa nuestro equipo pasa un gil, ve a cuatro monos que se nos parecen y se entera el Capi.

—El día en que lluevan monedas, ahí vamos a estar los cuatro, esperándolas con una red de esas para cazar pescados.

—¿Cómo ven al Capi? ¿Dudará de nosotros?

—Para nada.

—¡Cómo va a desconfiar de nosotros!

—Mejor suspendemos por un par de días los viajes a El Tigre.

—Los muchachos se van a asustar.

—Entonces, ¿qué hacemos?

—Va uno de nosotros, disfrazado de maricón para evitar sospechas. Propongo a Cobra.

—¡Yo propongo a la concha de tu hermana!

—Yo también propongo a Cobra, que ya tiene cierto estilo.

—¡Y yo propongo a la reconcha de tu hermana!

—Perfecto. La asamblea se ha pronunciado. ¡Se dan cuenta lo que es la democracia!

No te fíes ni de tu hermano

Uno de los cincuentones de aspecto deportivo instalados en la isla «de enfrente» —Cincuentón A—, como si de un moderno pirata de El Tigre se tratara, enfocó su anteojo de larga vista hacia una ventana ubicada en el primer piso del chalet vecino. La observación le permitió comprobar que la ventana permanecía, tal como día y noche estuviera desde el arribo de los nuevos inquilinos, con las cortinas cerradas.

De la ventana encortinada el largavista pasó a una pared comida por lluvias y descuidos, deslizándose por ella hasta llegar al ventanuco de un baño en la primera planta. Un rectángulo de cristales opacos que en ocasiones se alzaban, cambiando su posición de vertical a horizontal, presumiblemente y como es habitual en los baños, para mejorar la atmósfera interior. Observaciones previas habían permitido a Cincuentón A ver, tras los cristales, borrosos bultos indicadores de la consabida presencia humana en el chalet. Con la particularidad de que en ocasiones se veían dos bultos entrando simultáneamente en el baño, conducta que, si hace falta decirlo, hasta en El Tigre resulta rara. También llamó la atención de Cincuentón A que las partes superiores de los bultos, aún admitidas las dificultades inherentes a la observación, presentaran la esperable forma ovoidal cuando de una persona se trataba, mientras que cuando los bultos eran dos una forma continuaba ovoidal pero la otra se veía cuadrada, como si el bulto en cuestión llevara un objeto en la cabeza.

A un profesional adiestrado para extraer conclusiones de la observación de los demás —tal el caso de Cincuentón A—, los datos registrados lo llevaron a deducir que en la habitación cancelada por cortinas los vecinos ocultaban un prisionero, al que sólo sacaban de la estancia para llevarlo al baño, manteniendo la precaución de hacerlo circular encapuchado.

Por disciplina, Cincuentón A dedicó unos minutos a chequear el objetivo. Transcurridos sin novedad, bajó a beber un whisky con su compañero, Cincuentón B.

Los modernos piratas de El Tigre revisaron las fotografías, tomadas con poderosos teleobjetivos, del chalet visto desde distintos ángulos y distancias, de los tres vecinos ocupantes y del segundo trío que, alternándose en los viajes, venía diariamente de visita, apareciendo siempre en la última lancha, ya con la oscuridad encima, y retirándose al día siguiente, en la primera embarcación que pasaba con rumbo a tierra firme. Reiterados movimientos fortalecieron las sospechas de los observadores hasta transformarlas en convicción: se hallaban frente a un ilícito. Presumiblemente, guerrilleros cuidando a un secuestrado.

◆ ◆ ◆

Negras aguas y mojadas sombras, de a ratos surcadas por afantasmados trazos luminosos, pintaban sobre el delta del Paraná una de esas atmósferas para las que se han inventado los adjetivos mágica y romántica. La música proveniente de una orilla lejana recordó a los cincuentones, sin la menor añoranza, la existencia de gente interesada en divertirse. Cincuentón A y Cincuentón B esperaban la lancha que, de no variar los hábitos en el vecindario, también esa noche traería un visitante al chalet vigilado. El anteojo largavista, equipado con lentes para visión nocturna, junto a dos vasos de whisky y dos cigarros encendidos, ilustraba la sobriedad con que dos profesionales asumían las vísperas del combate.

Cincuentón A y Cincuentón B, hombres vinculados al Servicio de Informaciones Del Estado desde un grupo dotado de cierta independencia —«Autonomía de vuelo», explicaba Jova, el jefe, «Me la gané yo, y va a dar leche para todos»—, llevaban varios días ocupados en el control e información de los extraños movimientos observados en el chalet vecino: tres hombres solos, que ni parecían maricas ni traían mujeres; otros tres con características similares, que venían siempre de a uno y apenas a pasar la noche; los recurrentes movimientos con que los seis se alternaban para salir de la casa, acercarse al agua y mirar por el río hacia lo lejos, como si esperaran o temieran el arribo de visitantes; más las ventanas encortinadas; más los dos bultos en el baño; más la forma cuadrada en la cabeza de uno de ellos, organizaban un cuadro tan sospechoso como un billete de quince dólares con la cara de Videla.

Se mantuvo vigilancia constante, se fotografió a todo Dios, se hicieron aproximaciones nocturnas al objetivo y ex-

tensos relevamientos de la zona y, con todo eso, el jefe anali-
zó, sacó conclusiones y dispuso actuar esa noche, cerca del
amanecer: «El mejor momento para encontrar dormidos a
los pájaros».

En Pomar y Chiclana, esquina donde despachaba, Jova, el
Viejo, Silva, Ezcurra, consideró las fotografías colocadas sobre su escritorio. Conocía a cuatro de esos tipos: Puma, Cobra, Halcón y Tigre. Cuatro vagabundos sin ideología, un poker de ladrones de gallinas. Pensar en ellos lo llevó a recordar
al capitán y una sonrisa torcida le mordió la cara. Sin duda
era un equipo acorde con los merecimientos de ese capitane-
jo, que le debía una y que, al parecer, acababa de sacar cita
para pagar sus deudas.

El capitán y su zoológico. El Viejo los tenía en sus manos, pero tocaba pensar bien las vías de acción aplicables. El
paquete podía ser Beta; también podía no serlo. En ambos
casos una operación era posible. Si el preso no era Beta, se lo
quedaban para cambiarlo por dinero; si era, lo entregaban y
se llenaban de gloria. Antes debía resolver la cuestión política, porque Beta era amigo de Massera, y en la Marina rodaba
el rumor de que a Beta lo tenía el ejército. Entonces, primero
tocaba aclarar ese punto, ya que, de ser el caso, Ezcurra no
podía quemarse operando contra los mandos. Marcó el número del SIDE y pidió hablar con el General. Cuando lo co-
municaron dijo: «Necesito verlo con urgencia».

En nombre de la ley

Enfundado en un terno gris —sus grasas en lucha con la pericia de un sastre que cobraba tarifa de modisto—, Jova entró en la oficina del general. Maniáticamente lustrado, el piso de madera reprodujo sus pasos; vio su rostro sobre el escritorio de caoba reluciente, donde no había papeles ni más objetos que un impoluto cenicero de mármol y un granadero de bronce que, con la determinación de los inmortales, cargaba con su bayoneta calada.

Después de un formal saludo, los hombres conversaron.

—Andá vos, personalmente —dijo el general.

Y Ezcurra, Silva, Jova, el Viejo, asimiló el encomio que hablaba de la importancia del asunto.

—¿Detenemos al capitán?

—De él nos encargamos nosotros.

—Lo quiero en *La Cueva*. Quiero interrogarlo yo, «personalmente».

—Te lo mando. Cuando vuelvas de El Tigre lo vas a encontrar en *El Taller*.

Ezcurra le sonrió al cuadro de San Martín y habló para el de Videla.

—No le va a gustar verme.

El general también sonrió.

—A nadie le gusta verte en La Cueva, Jova.

Dos horas antes del alba, sigilosos hombres de rostros tiznados pasaron de los botes de goma en que viajaban a una orilla barrosa en El Tigre. Sabían que en el lugar no había perros, también sabían, por el reporte del hombre rana encargado de la observación final, que los hombres del chalet comieron carne asada a las nueve de la noche y bebieron vino y whisky hasta las doce y treinta, relevando uno de ellos al del piso superior a las diez cuarenta y cinco, permitiéndole así participar en la que, según órdenes de Ezcurra, debía ser su «última cena».

Una ganzúa les abrió la puerta del chalet descascarado. Las linternas ubicaron la escalera y silenciosos tenis los llevaron a las habitaciones del piso alto. Encontraron a cinco hombres dormidos. Dos de ellos pasaron del sueño a la muerte; dos abrieron los ojos antes de morir y el quinto, presa de una crisis de nervios, fue hallado dentro de su carpa, sobre una colchoneta mojada por orines.

Los ejecutores actuaron con pistolas provistas de silenciadores; no hubo gritos ni lucha ni otros ruidos que alteraran la paz de las horas previas a un amanecer en el delta.

Revisado el lugar, comprobado el control del terreno, Jova mandó correr las cortinas y encender las luces de la planta superior, señal convenida para que tanto su lancha como Cincuentón A y Cincuentón B se presentaran en el chalet. El jefe determinó las acciones a realizar, dio las indicaciones pertinentes y se retiró junto con Beta y dos hombres de custodia.

Los viajes a la isla de enfrente se harían en la lancha de los cincuentones y en los botes de goma usados para el desembarco. Terminada la ocupación del inmueble a las cinco y treinta, disponían de dos horas útiles para hacer su faena. Después el río se llenaría de madrugadores y curiosos.

Fusiles, pistolas ametralladoras y granadas cedieron paso a barras de hierro, taladros eléctricos, martillos, tenazas, pinzas, serruchos, cuerdas, más todo lo contenible en un baúl de herramientas. Antes de atacar las piezas desmontables de la casa, se procedió a retirar los bienes muebles, bajo la atenta mirada del hombre encargado de inventariar en un cuaderno los objetos expropiados.

A diferencia de comunidades hippies o anarquistas, en el ejército se procede con método, registrando los movimientos de cada alfiler entrante o saliente. Sería un caos si no se hiciera de esa manera. Y Jova, civil que pasó dos tercios de su vida entre uniformados, había aprendido lo que valía la pena aprender.

El hombre encargado de la expropiación presentó el siguiente reporte: «Se trabajó en forma correcta, con buen espíritu. Debido a la cantidad de elementos recuperados, algunos de gran tamaño, nos extendimos hasta cerca de las 8.00 horas. Se hicieron 14 viajes a la casa de Cincuentón A y Cincuentón B. En los dos últimos hubo contacto visual con civiles que circulaban por el río. Sin otra novedad».

◆ ◆ ◆

Para mayor información sobre la operación expropiatoria, ver Apéndice, al final del libro.[5]

El aguantadero

—¡Hijo de puta! ¡Hijo de puta!

Cobra manoteó una papa del canasto de verduras y se la arrojó al loro con intención de desbaratarlo, pero el enemigo estaba enjaulado y el único efecto de la acción punitiva fue poner a bailar la jaula de un papazo. Colgada de los alambres, la bestia verde recuperó la ofensiva:

—¡Hijo de puta! ¡Hijo de puta!

En ese momento llamaron a la puerta. Dos timbrazos cortos, uno largo, dos cortos: era Césare. La cabeza rapada, un traje cruzado y una corbata que apenas recordaban la forma de su dueño, más la barba y los bigotes cultivados en los últimos días, pretendían modificar su aspecto. Con dos abultadas bolsas de papel bajo los brazos y una sonrisa cansada, Césare miró a la abuela.

—Pasá, Césare. ¿No tenés calor con esa corbata? ¿Trajiste los espirales que te pedí?

Césare esperó ver cerrarse la puerta detrás de él, y luego habló, entre didáctico y enojado:

—¡No me llame Césare, abuela, y menos en la puerta, donde puede oírla cualquier vecino chismoso! ¡Mire, por sus

espirales tuve que ir al almacén de la esquina! Haga el favor
de no encargarme más compras en el barrio. ¿O no se da
cuenta de nuestra situación? Somos prófugos, abuela. Esta
casa debe ser como un templo para nosotros.

—¿Qué traés en esa bolsa, Césare? Dame los espirales.
¿Dormiste bien anoche? Yo no pegué un ojo, con todos esos
mosquitos zumbándome alrededor. El año pasado fumigaron
y tuvimos un verano precioso. Dormíamos con las ventanas
abiertas. Pero este año no hicieron nada y los moscos nos devoran vivos.

Ya en la cocina, donde Cobra comía pan con miel y el
loro lo vigilaba torvamente, Césare descargó sus provisiones:
dos botellas de ginebra, una de whisky, cuatro de vino, cuatro diarios de Buenos Aires y uno de La Plata.

—¡Ay, hijos, ustedes solos se van a tomar todo eso! —se
asombró la abuela.

—Solos no, abuela. Usted nos acompaña y las bebemos
a su salud —bromeó Césare—. Ahora tome sus espirales y
déjenos un momento solos; tenemos asuntos que arreglar.

La abuela prometió comprar facturas para el mate. «Ya
deben salir del horno en la panadería de Camoranesi», y se
fue. Césare miró la cocina donde, amontonando cada trasto
que le sobraba, la abuela había logrado una decoración de
galpón de desperdicios, a la que sólo le faltaban algunas rue-
das de auto destrozadas y una docena de gallinas. Con la misma reprobación consideró a Cobra, quien cargaba miel en
otro pan.

—Salimos en los diarios.

Cobra se echó adentro medio pan de un mordisco.

—Un coronel del SIDE y Beta dieron una conferencia

de prensa. Ahí están las fotos de Tigre y Halcón, muertos. Los amigos de Halcón también son boleta. Vos y yo estamos prófugos. ¡Y agarrate! ¿Sabés quién es el jefe de la banda de secuestradores, detenido y sujeto a interrogatorios? ¡No lo vas a creer!: ¡El jefe es el capitán!

Cobra casi se atraganta con las últimas cortezas endulzadas. Una feroz alegría le cruzó la cara.

—¡Lo encanaron al capitán! ¡Eso merece un brindis, Césare! Abrite una *Bols*.

—Vos festejás todo con el estómago.

Bebieron un trago y analizaron la situación:

Ante todo, vivían gratis: como perdieron Tigre y Halcón, podía haberles tocado a ellos. Luego, los buscaban: el Capi ya les habría echado la culpa del secuestro. Finalmente, tenían dinero para dos meses y un aguantadero de la peor calidad. Aunque ni el capitán ni nadie vinculado con los prófugos conocía ese domicilio, una vieja de ochenta y siete años con Alzheimer no era la persona más indicada para garantizarles seguridad. La abuela no entendía nada de conspiraciones y, piantada como estaba, prendía la bocina frente al primero que se le cruzaba. Además, aunque la abuela fuera una tumba, los vecinos podían sospechar de dos tipos que aparecían de repente en esa casa y, como si fueran los dueños, ahí se quedaban.

Según la experiencia acumulada por Césare y Cobra en los últimos años, cuando un vecino sospecha pueden pasar dos cosas: o simpatiza con el sospechado y trata de cuidarlo —conducta increíblemente frecuente y prueba fehaciente de la mucha ingratitud y el escaso patriotismo del argentino medio—, o corre a vomitarle sus especulaciones al cana más cercano. ¡Si lo sabrían ellos! La oficina del Capi recibía telefonazos anónimos, cartas de incógnitos admiradores de la ley donde se informaba sobre trazas y conductas llamativas de una joven pareja residente en tal dirección; lo caótico de sus horarios, clara señal de inexistencia de trabajo fijo; el aspecto desprolijo, indicativo de que la pareja no vivía de rentas; las visitas constantes de otros jóvenes igualmente mal entrazados; los bolsos con frecuencia entrados o sacados de su domicilio; más el volumen de la radio, puesto tan alto que cualquiera adivinaría la intención de ocultar sus conversaciones. A veces se presentaba Cacho González, temeroso de ser confundido con Carlos González, primo suyo, de quien, «Concreto, así concreto, no sé nada, pero consideradas sus ideas y amistades, no me extrañaría verlo en malos pasos». Otras era una mujer con dudas sobre su cuñado; en ocasiones un tío denunciaba a su sobrino... Y hablando de tíos, ¿qué iba a pasar con el tío de Césare, Giovanni D'Amato, único hijo vivo de la Abuela, acostumbrado a visitarla dos veces por semana, a quien su sobrino, con un verso para niños, le pidió permiso para estar ahí quince días, prometiéndole a cambio cuidar de la vieja? ¿Qué pasaría cuando el tío de Césare leyera el periódico?... Lo dicho, entonces: un escondite ratonero; una anfitriona en el limbo; vecinos paranoicos; un tío dispuesto a entregarlos por treinta monedas; todo eso sin contar al loro...

—¿Qué pasa con el loro? —se asombró Césare.

—Cuando estamos solos me insulta. La tiene conmigo este loro de mierda. Si hay gente se hace el buenito, parece un santo, pero apenas estamos solos empieza a putearme, y eso no se lo permito a nadie, y menos a él.

—Este loro es muy sabio, Cobra.

—No jodás. Lo voy a hacer pomada. Fijate cómo me mira de reojo. Le voy a hacer tragar un plato de perejil y después, como tiro de gracia, le retuerzo el cogote.

—Quedate piola y respetá la mascota de la abuela. ¿O querés que nos corran del único lugar donde nadie piensa boletearnos? Aguantá, Cobra. Tomá, morfate una banana. Hoy tengo charla con mi tío en un boliche de Constitución, ahí voy a saber si nos buscan. Si hay complicaciones nos vamos a Mendoza, donde tengo un amigo que nos puede guardar por un tiempo.

Vino la abuela con facturas y Césare preparó el mate. Al rato salió. Su presencia en la casa no era común para el barrio, pero tratándose del nieto de la abuela tampoco despertaba suspicacias. Situación distinta a la de Cobra, quien no podía ni asomar la nariz a la vereda. De manera que Césare dejó al dúo jugando a la escoba de quince y salió al asfalto.

La primavera llegaba creyéndose verano. El traje de medio tiempo de Césare lucía inadecuado para caminar calles ablandadas por treinta y seis grados de calor. No obstante ello, y aunque la humedad chorreara por su espalda, al cambiar el aspecto de un hombre que en los últimos quince años sólo vistió impermeables y camperas, le daba cobertura. Y eso, de acuerdo con las noticias de la prensa, tenía su importancia.

Césare viajó en taxi hasta la estación del ferrocarril Roca. Muchachas que parecían cubrir sus cuerpos con pañuelos lo distrajeron. Imaginó que las más bellas admiraban su condición de perseguido por la ley, sufrían por la cabeza del proscrito puesta a precio, ebrias de pasión se convertían en sus amorosas esclavas. Césare dudaba entre dedicar el resto de su vida a cuidarlas o aceptar que esa raza maldita y su naturaleza traicionera debían ser dominadas con dolor. Luego abordó un tren que una hora después lo dejó en Constitución. Escotes y minifaldas lo cercaron hasta que llegó la hora de actuar. Pensaba llamar a su tío, también a otra persona.

Don Giovanni se negó a verlo; en un susurro alborotado confirmó que lo buscaban. Militares y gente de civil. Giovanni les había dicho que llevaba meses sin ver a su sobrino. Lo ayudó. «Como debe ser en una familia.» Ahora esperaba una actitud recíproca de su sobrino. Césare debía darse cuenta de los riesgos creados, tanto para él mismo y sus compañeros como para la pobre abuela, y por el bien de todos, buscarse otro lugar. «No es por mí, muchacho, pero estamos en peligro. Ya ves las cosas que pasan. Alguien puede chuparse a la familia entera.» Césare lo tranquilizó: en un par de días se marchaban. «Tampoco llames acá por teléfono.» Césare tranquilizó más. No volvería a marcar ese número. Solamente se permitió recordarle que «Usted, Giovanni D'Amato, mi querido tío, ya está complicado. La gente que me busca es muy loca y no entiende razones». Si agarraban a Césare en casa de la abuela, después iban a buscar a don Giovanni, para hacer carne picada con el pariente mentiroso. Entonces, y con el pensamiento puesto en el bien común, lo mejor sería que todos se quedaran muy tranquilos y silenciosos. Si nadie abría la boca ni cometía imprudencias, no pasaría nada. Pero estaban en el mismo barco, y si desgraciadamente el barco se hundía, no iba a quedar ni el loro.

Césare caminó dos cuadras y encontró otro teléfono. Buscó un número en su agenda y marcó. Pidió hablar con el Viejo. «¿De parte de quién?» «Del Cabezón.» «¿Cabezón

qué?» «El Cabezón, nada más.» Enseguida oyó la voz raspo-
sa de Jova. «¡Hijo de puta! ¿Sabés en qué lío estás metido?»
«Por eso lo llamo, jefe.» «Zafaste de la boleta. ¿Qué querés?». «Quiero zafar de todo, jefe.» «¿Dónde estás?» «No
joda, jefe. Estoy aquí, en Villa Urquiza. No pensará chupar-
me a mí, ¿cierto? Acuérdese que trabajé para usted. Deme
chance.» «Vení a verme y hablamos.» «No, jefe, yo aprendí
mucho al lado suyo. Usted no esperará que ahora me porte
como un boludo, ¿verdad? Déjeme andar, jefe. Yo desapa-
rezco, no jodo más, pero haga el favor de no buscarme. Por
los viejos tiempos se lo pido.» «Decime una cosa, Cabezón,
¿el capitán estuvo en ese quilombo?» «A usted le digo la verdad, jefe. El capitán organizó todo. ¡Cómo íbamos a operar
nosotros sin su permiso! El cabrón nos mandó al frente a los
operativos, pero todo lo ordenó él. Ya ve, jefe, lo estoy ayu-
dando. Desde acá le doy mi testimonio.» «Si tratás de enga-
ñarme te vas a arrepentir, Cabezón. Vos me conocés y sabés
cómo terminan los que abusan de mi paciencia. ¿Estás seguro de lo que decís?» «¡Cómo no voy a estar seguro, jefe! El
capitán dio las órdenes. Se lo juro por la memoria de su santa madrecita. Bueno, ya me voy. Cuente conmigo para lo que
sea, jefe. Me gustaría volver a trabajar a sus órdenes, como en
el setenta y cuatro, cuando andábamos en la tripleta. ¡Si habremos mandado zurdos para arriba! ¡Esos fueron buenos
tiempos, jefe! Ahora me voy. ¡Por favor se lo pido, déjeme vivir! Yo contra usted no me meto para nada.» «Esperá, no te
vayas, ¿querés volver a trabajar conmigo?» «Más adelante,
jefe. Ahora debo aplicar sus enseñanzas. Cuidarme solo. No
confiar en nadie. A usted no le gustaría que su alumno fuera
un gil, ¿cierto? Me voy, no vaya a ser que hayan detectado

este teléfono y aparezcan sus muchachos. Cuídese, jefe. Y no se olvide de que yo lo estimo mucho.»

Al ver en el diario la foto de la conferencia de prensa, y junto al tipo del SIDE —un legal, mencionado con grado y apellido—, descubrir la cara de perro de presa de Jova, Césare supo quién comandaba la operación sobre El Tigre y todo lo relacionado con ella. Ezcurra y él eran viejos conocidos

Cuesta abajo

Una semana después, la situación en el aguantadero de La Plata programaba entrar en crisis.

La incontinencia verbal de la abuela informó a cada oreja cercana de la presencia en el lugar de su nieto y un amigo. La respuesta de los vecinos fue inmediata: Césare no podía asomarse a la ventana sin que todo el barrio se ocupara de observarlo.

El loro y el amigo del nieto mantenían enfrentamientos de creciente intensidad.

Después de doce años de abominar del matrimonio y muy especialmente de su mujer, entrampado en una tormentosa convivencia que llegó a ponerlos frente a frente y dispuestos a lo irreparable, armado el uno con su pistola parareglamentaria y la otra con una sartén de fierro fundido, de repente, por la magia del nuevo libreto que le asignaba un rol de angustioso protagonismo, Cobra descubrió que no podía vivir sin su esposa. Le faltaba el aire si no la tenía. Necesitaba verla diariamente. El reclamo, de imposible cumplimiento, provocó fuertes frustraciones en el operativo, traducidas para el resto del planeta en comportamientos irrazonables, tales como arrancar plumas de la cola del loro, devastar los comestibles de la abuela, mendigar sin pausa y pleitear constantemente con su compañero.

Encargado del aguantadero a todos los efectos, Césare vivía los desbordes eróticos de Cobra como ultrajes que la vida insistía en prodigarle. Hijo de la pobreza y combatiente por oficio, solitario porque antes de fundar una familia quería juntar lo necesario para mantenerla decentemente, Césare D'Amato se acostumbró a guardar en un cajón del futuro la leyenda del amor romántico. Algún día la bella y amorosa mujer que tenía destinada aparecería para lamer sus heridas y curar todos sus males. Hasta entonces, Césare optaba por la sabiduría callejera de arremeter contra toda falda buscadora o permisiva. Desde su monacal mirador —cuatro semanas sin perfumes de mujer—, rendía tributos tanto al concepto de seguridad cuanto a las pulsiones de una sexualidad insatisfecha. Entre ambos extremos buscaba un equilibrio. No podía dejar salir a Cobra todos los días, como anhelaban las desmesuras de su compañero, pero tampoco podía obligarlo al ayuno total, al menos no si quería evitar que cualquier día Cobra le pusiera una bomba al loro y desapareciera del escondite. Tocaba negociar, y eso hicieron. Un encuentro semanal fue declarado irrisorio; cuatro, una locura; tres, peligrosísimo; dos, lo mismo y, sin embargo, visto cómo la discusión cargaba de sangre los ojos de la víbora, inevitable.

—Yo tenía una mina en Flores y la dejé. ¿Sabés por qué lo hice? No. ¡Qué vas a saber! ¡Si vos pensás en la vida y únicamente pensás en morfar y echarte un polvo! Lo hice, enterate, porque la mina trabaja en un grill al que una vez fuimos con el capitán y donde el capitán la conoció. Por eso la dejé.

Para cuidar nuestra seguridad. Porque si estuviera en cana tampoco podría verla, y si estuviera muerto, menos, y como no quiero estar en cana ni muerto, prefiero aguantarme. ¿Entendés?

—Entiendo, Césare. Hacés muy bien. Pero no te preocupes; yo sé cuidarme; no pasa nada.

Tomada la insensata decisión de promover dos encuentros semanales entre la pareja de víboras, correspondía pasar a la delicada fase de planificar los encuentros y la peligrosísima de concretar lo decidido.

—Me baño y voy a verla.

—Somos conspiradores, Cobra. Primero haremos los chequeos correspondientes.

Enterado de las costumbres de la Cobra hembra —«Hace las compras por la mañana, etcétera»—, sintiéndose más cerca de un forro que de Cupido, Césare madrugó para pisar Wilde en horas adecuadas. Recorrió calles desconocidas; exhibió extranjería frente a la curiosidad de adultos a quienes dieciocho meses de orden castrense y desaparecidos en las madrugadas enseñaron a sospechar de todo extranjero que no avalara su presencia con motivos claros. Después de una hora y media de idas y venidas, la ubicó en una carnicería. Tras los vidrios del local la vio reírse con el carnicero. Cuando salió, la sonrisa de la mujer aún mejoraba su rostro pintado. Césare verificó los pechos altos y una manera sensual de caminar. Se acercó a ella como si la encontrara por casualidad. La asustó, para eso no había remedio, pero sí explicaciones. Césare las dio y organizó el primer encuentro: Seis de la tarde del próximo viernes en una plaza de Villa Domínico.

♦ ♦ ♦

Bañado en agua de colonia, cargadas sus pilas con una dieta de mariscos y apio con queso roquefort, con cara de reptil en el paraíso, Cobra fue a su cita. A cincuenta metros, Césare controló la normalidad del encuentro. Vio abrazarse a la pareja, la vio conversar, comprar helados, salir de la plaza y meterse en un hotel. Los imaginó enroscados, cada ofidio encantado por la música del otro. Algo muy injusto estaba pasando. No podía evitarlo: trabajar de forro le ponía un humor de perros.

Espontáneas

Algunos conocidos suyos circulaban la versión de que Silva había nacido interrogando detenidos. Picana en mano aprendió el abc del dolor físico; miedos ajenos y propios le revelaron la sofisticación de los apremios sicológicos. Aproximaciones a un abismo que, con el tiempo y la práctica, pasaron de medios justificados por sus fines a recurso principal y asunto cotidiano. Combinando información y habilidades, el Viejo alcanzaba resultados que, en el sótano donde transcurría lo medular de su existencia, levantaron su leyenda. Con triunfos a la vista, Jova presumía de saber, dos minutos después de iniciado un trabajo, si el sujeto yaciente tenía o no declaraciones útiles que hacer. Sin embargo, con el capitán falló. La causa de su error fue doble. Ante todo, por una cuenta no saldada, Silva se hallaba prejuiciado contra el oficial: tiempo atrás operaron juntos contra un grupo subversivo uruguayo que, golpeado, ofreció un millón de dólares por sus detenidos. «Cobramos y al día siguiente los agarramos de nuevo. Mejor negocio imposible, mi Capi», argumentó Jova. El capitán aceptó. Hizo una cita para recibir los primeros cien mil dólares de adelanto. A su regreso declaró que «Nadie fue a la cita» y canceló la operación. Ese mismo día, sin consultar con el Viejo, legalizó las capturas abriéndolas ante su jefe. Un mes después se compró una lancha de cien mil dólares. Tal el primer motivo para condenar al capitán. El segundo fueron las afirmaciones de Césare. Ni Jova estaba para creerle a cualquiera ni el Cabezón era persona a quien pudiera creérsele nada, pese a ello, sabido es que la objetividad se deteriora cuando alguien escucha lo que desea escuchar. Eso le pasó a Ezcurra.

Silva se esmeró. No sólo quería la justa, quería también humillar al capitán, hacerlo llorar. Quería, en realidad, verlo hecho una basura. Además de máquina y golpes, se prodigó en tratamientos especiales. Con un taladro eléctrico rozaba orejas, nariz, pestañas, genitales, tetillas, dedos de los pies. Una rata, guiada mediante un cordel, caminaba sobre el cuerpo desnudo del capitán. Asustado, el animal hundía las uñas en la carne, a veces se irritaba y mordía. Cuando la rata le rondaba el sexo, el capitán lloraba como un niño. Precavido, el jefe mantuvo al oficial encapuchado y le hizo aplicar una inyección antirrábica. Ezcurra mandaba a sus subordinados a descargar orines sobre la cara del detenido. Una vez ordenó defecar sobre su boca y su nariz. El asco, la desesperación, los rugidos, el vómito de todo lo guardado en su estómago, seguidos de las interminables arcadas que vanamente buscaban limpiar la inmundicia que embarraba al oficial del ejército argentino, obligaron a los más flojos a encender cigarros y mirar para otro lado. Después, Jova mandó limpiarlo a manguerazos. Lo hizo violar por Cabiria, un operativo bujarrón que siempre pedía chance con los detenidos varones, por un vagabundo traído de la calle, y lo intentó con otros chupados que o se negaron o no pudieron hacerlo.

El sexo era capítulo especial en El Taller. La rosa del jardín de los suplicios. Así como la fría funcionalidad que presidía sus interrogatorios mostraba una de las máscaras de Jova, otras se desbocaban en truculencias orientadas al horror de los entrevistados y en depredaciones que retorcían el placer en su envilecimiento. Una mujer caída en *La Cueva* no tardaba en saber que había entrado en el infierno. Y aunque a los hombres les pasaba lo mismo, la diferencia podía hallarse en la multiplicidad maniática de torturas aplicadas a redondeces y cavidades femeninas.

Cuando el Cuervo Astiz capturó a dos monjas francesas, Ezcurra casi enferma de la envidia. Soñaba con tenerlas él y tomarles su «espontánea» al calor de gruesas velas de sacristía. Imaginaba la cera hirviente, el fuego, las penetraciones… Pensaba que de tener a las «hermanitas» en su sótano, hasta podría prescindir de la picana.

Por extensión de aficiones y costumbres, ningún varón dejaba de recibir lo suyo. Toda clase de objetos más o menos cilíndricos, empastados en dentífrico para que el dolor ardiera, fueron introducidos en el recto del capitán.

—¿Te gusta? —se divertía el Viejo.

Silencio. Ruidos propios del mal rato. Un «No» temeroso, en balbuceante reivindicación de masculinidad. Un «¡Decí que te gusta!», amenazante.

—Me gusta.

—¡Decí que es lo que más te ha gustado en la vida!

—Es lo que más me ha gustado en la vida.

Risas y burlas en el festival de los jodidos. Tras las risas, picana; después, taladro; más tarde, rata.

◆ ◆ ◆

Sobre el fin de un día pesado, con el estrés mordiéndole la nuca, empuñadas una zanahoria grande y el tubo de dentífrico en una mano y una botella de ginebra en la otra, Jova mandó colocar al detenido boca abajo, avisó a sus subordinados que trabajaría solo y dispuso no ser molestado por ningún motivo. Llegó hasta el capitán. Paseó la zanahoria sobre la piel cautiva, hasta sentir en su mano los temblores del preso.

—¿Sabés quién soy?

—Sí.

—¿Quién soy?

—Te conozco la voz. Sos Ezcurra.

—Negativo. Soy tu macho.

Empinó un largo trago en la botella, bajó sus pantalones y entró de un golpe en el cuerpo del encapuchado. Jova se sorprendió de la poderosa erección alcanzada. Fue y vino por el angosto túnel, dejándose inundar por la venganza. Era como darles picana a todas las maestras de la primaria, como maquinear a los coroneles que le daban órdenes desde sus mullidos sillones, como violar a las mujeres de los generales y hacerlo llorar al presidente. Escuchó los quejidos mezclados con insultos del capitán. «Sos un degenerado, Jova. ¿Por qué me hacés esto?» «¿Te gusta, negrita?» «¡No, carajo, no me gusta!» «¡Decí que te gusta, maricón, o te meto el taladro!…» «Me gusta.» «Decí: me gusta, papito.» «Me gusta, papito.» «Decí que te hago gozar.» «Me hacés gozar, papito.» «¿Te hago feliz?» Desencajados estertores de enloquecida risa y llanto sacudieron el cuerpo agredido, exclusiva caja de resonancia del caos que llenaba el sótano. «¡Feliz!… ¡Feliz!... ¡Por favor!...» «¡Decilo con ganas, o traigo la rata!» «Me hacés feliz, papito.» Ezcurra pidió más, quería un capitán derrotado y femenino, una mujer sumisa, una hembra lujuriosa y masoquista. Y el capitán dijo, siguió con su grotesca letanía, repitió babosas convenciones «amorosas», porque peor era la picana y mucho peor eran el taladro y la rata. Y Jova, con la zanahoria colmándolo por dentro, sintió la ola incontenible y se derramó torrentosamente, como hacía mucho no lo hacía, dentro de ese hombre a quien había decidido destruir.

Antes de retirarse, empastó la zanahoria con dentífrico, le echó un chorro de ginebra y la clavó en el recto del capitán.

—¡Para que no olvides quien es tu macho, putita! —le dijo.

Eros

Cobra estrenaba una sonrisa integral. No sólo sonreía con cada diente y de oreja a oreja sino que lo hacía con cada uña, cada cabello y cada uno de los poros de su epidermis. Reconciliado con Dios y con la existencia, su recuperado relax contrastaba con el estragado ánimo de Césare. Mientras su compañero de cautiverio blasfemaba por los rincones e inventaba reyertas a propósito de la tópica capacidad masticatoria de Cobra, éste parecía haber descubierto un jardín donde cultivar amor por la humanidad. Se mostraba paciente con el irritable socio, intentaba demostrar que comía igual que el resto de los habitantes de la casa, colaboraba con las tareas domésticas, jugaba a la escoba de quince con la abuela y hasta tenía una sonrisa para su peor oponente: el belicoso pajarraco verde.

—¡Hijo de puta! ¡Hijo de puta! —insistía el loro.

Pero Cobra ya no intentaba clavarle un tenedor en la cabeza, ni le echaba pimienta en el bebedero ni le agregaba perejil a su comida. Por el contrario, Cobra ofrecía los dientes beatíficamente y le decía:

—¡Si supieras el polvo que me eché!

Desmedido como era, no se privaba de abrumar al colega. «¡Si vos supieras, Césare, qué polvo!» Sin la menor delicadeza frente a la interrumpida sexualidad de su amigo, Cobra discurseaba sobre una embriagadora cabalgata por las praderas del séptimo cielo. Allí donde la felicidad era un polvo interminable.

—Encontré el sistema de vida ideal, Césare. No necesito aguantar más a esa bruja. La veo cuando está cariñosa, le echo unos polvos de campeonato, y hasta la próxima.

—Claro, y morfás gratis acá, y en lo posible te lo morfás todo. Un día te vas a comer al loro y a la abuela.

—No jodás, Césare. Esto es provisorio. Pero a mi matrimonio pienso mantenerlo en el *está-tu-culo* de ahora. Cuando termine este bolonqui me voy a instalar en un bulín yo solo, y tres o cuatro veces por semana veré a Laura, para fornicarla como Dios manda y tenerla más sonriente que la Virgen de Luján.

—Aparte de llevarle guita mía, para que la Virgen de Luján se compre zapatos y televisores.

—¡No me digas eso, Césare! Ésta es una deuda de honor. Voy a pagarte hasta el último centavo. Jamás en la vida olvidaré cómo me bancaste y la clase de amigo que sos.

Césare refunfuñaba, maldecía por los rincones, buscaba motivos para cuestionar a Cobra. Salía a la calle y caminaba hasta quedar agotado.

Buscaba mujeres, que estuvieran solas, y lo miraran. Césare se acercaría a ellas, las invitaría a comer o beber y en un abrir de corpiños y bajar de calzones las metería en la cama, allí las mantendría durante dos o tres semanas. Lo intentó con algunas. Resultó maltratado en su orgullo y con fuertes ganas de mejorarles los modales a cachetadas. Observaba las parejas en las plazas, en busca de la mano extraviada bajo una falda o empeñada en investigar los interiores de una blusa. Recordaba proezas perpetradas por el grupo de Operaciones Antisubversivas: rodear a los infractores, intimidarlos, exhibir credenciales de servidores de la ley, alegar faltas contra la moral y el orden público, separar a la pareja, meter al varón en un coche y a la mujer en otro, sacarle al galán el dinero que tuviera y brindar hospitalidad a la dama en un bulín, suministrarle un curso práctico y minucioso de comunismo sexual y dejarla ir por la mañana. Pero justo ahora, cuando más lo necesitaba, la mala suerte disponía que él no tuviera grupo ni coche ni bulín ni nada mejor que una orden de captura con su nombre y dos promesas de boleta.

Volvía a la casa, donde un montón de porotos junto a la abuela indicaban los cincuenta mil dólares que perdía Cobra. El loro lo veía entrar y saludaba: «¡Hijo de puta! ¡Hijo de puta!». Césare servía un vaso grande de ginebra.

—¡Ay, hijo, te vas a tomar todo eso!

—¿Qué hora es, abuela?

—Las diez y veinte, hijo —la abuela hacía escoba con el siete de oros, el tres y el cinco del mismo palo y, muy contenta, comentaba—: Con lo que voy a ganarle al señor Cobra nos alcanzará para vivir cómodamente los tres por el resto de nuestra vida.

Era tarde para llegar a un grill ubicado a dos horas de viaje y buscar a María Fernanda. En días anteriores, casi sin pensarlo, Césare se encontró caminando por veredas de Flores. Pasó dos veces frente al local. Miró sin ver, sin animarse a entrar ni a detenerse. Podían estar esperándolo. Además,

¿cómo saber si María Fernanda permanecía fiel o si ya le había encontrado reemplazante? Las mujeres —de más estaba decirlo— eran locas incomprensibles, tiernas hoy, enemigas mañana, nadie sabía qué esperar de ellas. Pensó en la mujer de Cobra. No estaba mal la víbora. Si a Cobra le tocara perder, Césare podría encargarse de consolarla. La «vio» riéndose con el carnicero. Exhibiendo colmillos y haciendo sonar sus cascabeles. Eso no le gustó. Una mujer decente no se ríe así con otro hombre mientras su marido padece persecuciones. ¿Lo estarían cornudeando a Cobra? Césare sintió algo parecido a los celos. Supo que esas sensaciones las experimentaba en representación de su amigo, a quien no podía contarle nada, ya que sería injusto echarle a perder la fiesta por simples conjeturas. Sí, Césare podría consolar a la viuda del colega, pero también ajustaría cuentas con esa pérfida serpiente.

Recordó proezas contadas por Cuchillo sobre una mesa de bar en la que no cabía otra botella. Cuchillo era carnicero en Lomas de Zamora, tenía músculos poderosos, cara de caballo y juraba que su carnicería era el harén de un sultán criollo.

—No me lo van a creer ni me importa. Aunque yo pienso que si un hombre lo merece, tiene derecho a darle envidia a los demás. ¿O no? El secreto está en este bendito oficio mío: será extraño, yo no sé qué les pasa, pero las minas se ratonean tupido con el carnicero. Es como si Caperucita Roja se calentara con el lobo. Uno anda con una tremenda cuchilla, manchado de sangre, manosea los pedazos de carne, sonríe todo el tiempo. Porque el carnicero, sépanlo, está obligado a ser simpático. Si te ven con cara de velorio, las minas buscan otro. Ellas quieren ser tratadas con picardía y olvidar por un rato al salame que tienen en casa; les encanta ser estafadas con una sonrisa; se mueren por reclamarle a uno como si uno fuera su marido. Empiezan a imaginarse cosas cuando te ven manosear cuadriles, estrujar bolas de lomo; te ven las manos ensangrentadas y la cuchilla y se imaginan más cosas, y uno qué va a hacer… si es gil las deja pasar y si es piola se las coge». ¿Eso haría la Cobra? ¿Se dejaría doblegar por manos ensangrentadas? ¿Lamería la cuchilla y pediría ser partida en dos?…

Césare sirvió más ginebra.

—¡Otra vez, hijo!

—Dejá algo para los pobres, ¿no?

Césare recordó las opulencias de Isabel Sarli derramadas sobre media res en la película *Carne*. Imaginó a la mujer de Cobra en la misma película. Imaginó a Cuchillo. Se imaginó él.

—La última y me voy a dormir —dijo, y cargó su vaso.

Cambio y fuera

Únicamente los muertos no se equivocan. Reposan en paz, no tienen problemas de urgente resolución, ni deben elevar constantemente reportes, ni soportan exigencias de las instancias pertinentes… Lo apremiante para Silva era encontrar la puerta por donde se salía ganador de un asunto que transitoriamente arrojaba pérdidas. Morales, se entiende, porque lo recogido en El Tigre, sin ser gran cosa, pagaría unas vacaciones en Mar del Plata, prometidas tiempo atrás a su vieja y a los nietitos. Pero si económicamente los números eran negros, con ellos coexistía un déficit perverso, porque perfeccionista como era, el Viejo gustaba de casos redondos: culpables confesos en el sótano y botines de guerra comercializables. Le falló el capitán y eso lo hacía más odioso. ¡Ese estafador estaba limpio! ¡Ni siquiera tenía la decencia de ser culpable! No debería haber nada personal en tal situación, pese a ello, Silva retorcía el análisis para concluir todo lo contrario. En su cabeza, presionada por el poco sueño y las excesivas obligaciones, el capitán actuaba contra él, consciente y empecinadamente, determinado a causarle daño. Eso por un lado; por otro no podía admitir su error ante los mandos, particularmente considerada la cercanía del capitán con un sobrino del jefe del Cuerpo de Ejército I. Menos aún podía dejar suelto a un tipo que viviría para vengarse. La solución, entonces, debía estar en cancelar el «viviría».

Para sorpresa de su equipo, Jova dejó pasar tres días sin interrogar al capitán. Aunque a veces la dinámica impuesta por casos nuevos afectaba el manejo de otros, no se trataba de eso. La cantidad de oponentes guardados en el chupadero no mostró incrementos en la última semana; los presentes fueron interrogados casi hasta el último suspiro, con base en una doctrina afirmada por la práctica: «Saben más»; «Hay algo que no han dicho»; «Si se los aprieta un día y otro, sin aflojar, terminan por aflojar ellos». Menos el capitán —huésped estrella de El Taller pero también papa en el fuego que podía quemar a quien la tocara—, en cuyo descanso se revelaban las dudas que inmovilizaban a Silva. El socio del capitán en la explotación inmobiliaria de botines de guerra hacía preguntas por todos lados; el general con quien Ezcurra coordinaba sus acciones temblaba al imaginar la furia de Suárez Mason y transmitía sus temores al subordinado: «¿Estás seguro de que es culpable, Jova?». «Seguro, mi general.» «¿Y qué esperás para traerme su confesión?» «Mañana se la llevo, mi general.» «Me habló *Pajarito* Suárez Mason. Le dije que su sobrino se dejó engañar por un infiltrado al servicio de la subversión. Pidió la confesión del capitán. Para ayer, como siempre. Traémela ya, Jova. ¿Qué querés, que nos pasen a nosotros a un chupadero?» «Mañana a primera hora la tiene sobre su escritorio, mi general.»

Únicamente los muertos están seguros. Ya no les puede pasar nada. Ezcurra debía aplicar inteligencia para salir intacto de un enredo crecientemente peligroso. Experto en trampas, llamó a su *Escribano*, un zurdo quebrado y dado vuelta, ex profesor de filosofía, especializado en la comprobación de asuntos improbables, desde la culpabilidad de Cristo hasta la inocencia de Pinochet, quien lograba textos que, leídos por un coronel, transparentaban fidelidad a los hechos, tal como cabía presumir que ocurrieron. Y luego, para tranquilidad del equipo de El Taller, Jova dio la orden de ir todos, «¡Ahora mismo!», sobre el capitán.

Después de tres días de descanso, invadido por esa pareja inseparable formada por la ingenuidad y la esperanza, diciéndose el primer día: «No vinieron. ¡Por favor, que ya no vengan!»; el segundo: «Se aburrieron. ¡Mantenlos así, Dios, te lo ruego!»; y el tercero: «Habrá bajado la orden de no meterse conmigo. Tal vez esté salvado. Ojalá me suelten»… Después de soñar la paz, el capitán despertó a la furia de la guerra. Para conjurarla debía firmar, sin leerla, una declaración «espontánea» para los dueños del sótano. El equipo le cayó encima con la furia devastadora de quien no tiene enemigo más odiado. La presión ejercida fue exacta:

—Firmás ya o sos boleta ya.

El capitán firmó.

Ezcurra, entonces, añadía una sonrisa a la suciedad de La Cueva, telefoneaba al general, y descansaba.

La información de que Césare y Cobra estaban en La Plata llegó por el portero de un edificio cercano al escondite, quien primero habló con la abuela y después habló con un cuñado policía. El policía habló con su jefe. Hubo más conversaciones y, a cuarenta y cuatro horas y ochenta kilómetros de su origen, los datos aterrizaron en la esquina de Pomar y Chiclana. Jova puso en el barrio elementos disfrazados y en una jornada confirmó la veracidad del informe. Luego, pensó. Cuando terminó de pensar, habló con el capitán.

—Sabemos donde están Césare y Cobra.

—Ajá.

—Vamos a agarrarlos.

—Ajá.

—Vas a venir para identificarlos.

— . . . .

—Operamos esta noche.

— . . . .

Ocho operativos en dos coches partieron de Buenos Aires rumbo al sur. La dotación de combate incluía ocho armas largas, ocho cortas y veinticuatro granadas ofensivas. Los pertrechos no declarados constaban de pastillas blancas y azules y petacas de ginebra y whisky. Se estimaba en sesenta minutos la duración del viaje. Entre ellos, con uniforme de fajina, anteojos negros preparados para evitar toda visión y las manos esposadas a la espalda, iba el capitán.

En el aguantadero de La Plata dos peligrosos rufianes y una anciana con Alzheimer jugaban al monte, marcando con porotos las señas de su habilidad y fortuna. Uno de los rufianes perdía setenta mil dólares y el otro ciento veinte mil. Una voz se dejaba oír por encima de los jugadores:

—¡Hijo de puta! ¡Hijo de puta!

El capitán iba ansioso y asustado. Dos ideas presidían su viaje: 1) Esa noche podría vengarse; 2) Lo llevaban para matarlo.

Uno de los rufianes arrojó sus naipes sobre la mesa, entregó a la vieja el montón de porotos que acababa de apostar —quince mil dólares— y amargado comentó:

—Esta semana no voy a ver a Laura. Tanto ser afortunado en el amor terminará por arruinarme.

Antes de partir, el jefe de *El Taller* habló con su prisionero. Capturarían a Césare y a Cobra. Si los culpables eran ellos, el capitán sería liberado. Su participación en el comando quedaría limitada a tareas de reconocimiento, dirigidas a evitar posibles errores contra inocentes.

El capitán aceptó —¿qué otra cosa?—, pero alegando ser el más interesado en la detención de los delincuentes, y aclarado que en un tiroteo muere cualquiera y las balas no preguntan en calidad de qué se encuentra uno presente, pidió ser integrado plenamente en el comando. Pidió un arma. «Cuando lleguemos», dijo Silva.

En esas dos palabras el capitán cifraba su esperanza. Con un arma podría actuar contra los traidores de su grupo y contra la tropa de Jova.

◆ ◆ ◆

El otro rufián del aguantadero, más amargo aún que el primero, vació a grandes tragos un vaso de ginebra; maldijo el fin de los cigarros en su paquete; declaró que la marca consumida por su compañero era muy buena para espantar los mosquitos de la zona; informó sus intenciones de comprar puchos fumables en el kiosco y oyó a la anciana decirle dulcemente: «No te tardes, hijo. Me da lástima ganarle al señor Cobra solo». Mientras Césare salía, la voz del loro sonaba menos dulce: «¡Hijo de puta!»

Cerca del objetivo, el capitán fue liberado de anteojos y esposas. «¡El arma!», exigió, y echó los ojos sobre sus captores, para en el acto dibujar el desconcierto de ubicar voces del sótano sin encontrar un rostro conocido. Prudentemente, mantenida la farsa hasta el final, Jova no participaba en la operación y se aseguró de enviar elementos a quienes el oficial no hubiera visto antes. «Ya te la vamos a dar. Quedate piola», le respondieron.

Césare encontró el kiosco cerrado, insultó a la suerte que esperaba verlo sin cigarros para clausurar todos los puestos de venta cercanos y decidió caminar hasta encontrar un despacho abierto. Las oscuridades lo atormentaron con bultos aplicados a la comisión de actos reñidos con la moral y reconciliados con el placer.

◆ ◆ ◆

Al dejar los coches, el capitán recibió una Colt 45, contundente aunque más bien prehistórica, porque golpeaba fuerte, desbarataba cualquier enemigo de cerca, pero al cargar sólo siete proyectiles, resultaba poco práctica en términos del combate moderno. Cumplió con los demás la orden de meter bala en recámara y poner seguro de corredera. A través del metal su mano sintió el viaje del proyectil que, al pasar del cargador a la recámara, demostraba la posesión de un arma de verdad.

Los hombres se desplazaron con oficio sobre el terreno. Por una ventana del objetivo salía luz hacia la calle. Alguien se acercó a la puerta y accionó el picaporte. La encontró abierta.

—Por lo visto, su gente tiene una sólida práctica de seguridad —dijo el jefe punitivo al capitán, con la ambivalencia de no eludir burlarse del detenido, aunque al mismo tiempo abandonar el tuteo prodigado al encapuchado lloriqueante, hablándole de usted al oficial del ejército que miraba sus ojos.

—Ahí vuelve Césare —dijo la abuela al escuchar los pasos. Cobra levantó la cabeza y vio al capitán. Detrás y a los costados, otros hombres avanzaban.

El capitán pensó rápido: 1) Cobra y Césare debían ser capturados vivos; 2) Césare no estaba.

—¡Capitán! —alcanzó a decir Cobra, antes de que medio cargador de Uzi le quitara la palabra. La otra mitad la recibió la abuela.

—¡Hijo de puta! —le gritaron al capitán en la oreja y sus nervios se descargaron en el disparo que desparramó rojas y verdes plumas por el aire.

Era el momento. El capitán no pensaba volver al sótano. Si le tocaba morir ahí, alguno se llevaría con él. Vio al grupo recorrer la casa a toda velocidad, buscando otras personas que, de ser halladas, recibirían el mismo tratamiento prodigado a los yacientes. Vio a cuatro hombres quedarse junto al jefe. En la cara del jefe vio su condena. Levantó el arma y le apuntó. «Si me dejás ir, no te mato», dijo. El jefe sonrió y alzó su pistola. El capitán gatilló contra una recámara vacía. Comprendió. Recibió diez proyectiles en la cara y un tiro de gracia.

Césare caminó mucho para conseguir cigarrillos. Se demoró envidiando a parejas antropófagas y regresó a la calle donde vivía su abuela. A dos cuadras escuchó los disparos. A una cuadra y media supo que habían encontrado a Cobra y lo buscaban a él. Halló refugio en un portón. Desde ahí observó movimientos furtivos tras todas las cortinas de la cuadra, luces que se prendían y apagaban, cabezas en puertas y ventanas. Signos del comportamiento de una población enterada de que sólo las fuerzas del orden acostumbraban reventar ciudadanos en la noche. Enterada también de que cuando el orden riega sangre, a nadie le conviene ser visto por los defensores de la azul celeste y blanca.

El hombre escondido recordó el verso de un tango: «Ni el tiro del final te va a salir». Pensó en un tipo tan a contramano de la realidad que ni cuando le tocaba morir se encontraba presente. Lo terrible podía ser gracioso. Césare D'Amato, nombre de guerra Puma, se dijo que mejor se iba yendo. Le urgía dejar ese país.

III

1977/1980

Con otros

Llego solo a París. Al rato me instalan en un departamento de la Rue Darwin, en Montmartre, donde conviven compañeros que, como yo, se hallan en tránsito. La ocupación principal en el lugar es discursear sobre las excelentes condiciones en que nos encontramos para realizar una necesaria autocrítica, superar nuestros errores, volver con un partido renovado y sacar a patadas a los milicos de la Casa Rosada; también criticar a los franceses:

«Los franceses se bañan en cada cumpleaños.» «Les pegan a los chicos en la escuela.» «Llaman a la policía si uno canta en la ducha.» «Si invitás a los amigos a tomar un cabernet, llaman a la Interpol.» «Los quesos tienen gusto a podrido.» «El *Michel Torino* salteño es mucho mejor que este borgoña.» «Los médicos son todos carniceros.» Los dentistas son torturadores.» «Si no les hablás perfectamente en su idioma, los franchutes ni te contestan.»

—Llueve siempre.

Otra ocupación importante es hablar por teléfono. Hay que ir a la Gare Du Nord y encontrar a los iraníes de Jomeini, que son los reyes de la telefonía sin dinero. Una compañera me lleva, detecta a un musulmán y lo pone a trabajar. Con dos inclinaciones hacia la Meca y tres golpes de karate en la caja telefónica, el chiita resuelve una ecuación de quince mil kilómetros sobre un montón de francos.

«Hola mamá, te habla Carlos Gardel, desde París. Danielle Mitterrand es casi amiga mía; un día de estos desayunaremos y le hablaré de los invisibles. Règis Debray propone discutir su *Revolución en la revolución*. Veré a Brigitte Bardot disfrazado de foca.»

Hablo con la furia de Rimbaud y con la tristeza de Van Gogh. Hablo, sin duda, con la euforia del argentino que llegó a París. También con la saudade: «*Aquí en este Montmartre,/ faubourg sentimental,/ yo siento que el recuerdo/ me clava su puñal*».

«*Toda vestida de blanco, almidonada y compuesta*»… encuentro a la novia negra en la vidriera de una tienda. No vi maniquíes negros en Brasil, los veo en Francia. Los africanos no vienen a París a tirar manteca al techo. Suelen llegar huyendo del hambre y la sequía, de incendios y fusiles. Vienen a levantar basura de las calles y a limpiar baños de restaurantes y estaciones de ferrocarril, a ser controlados, sospechados, a emborracharse y mirar todo con ojos como brasas. Nadie los invitó, es cierto, ni tampoco a nosotros nos ha invitado nadie. No estamos aquí para tomar champán en los zapatos de la reina del Moulin.

Los exiliados del reino de Santiago del Estero se abocan a detestar sus arrabales y morirse de nostalgia. El caso mío es distinto y, en cierta medida, habida cuenta de los valores manejados por el colectivo, se trata de un secreto. Porque no soy el más político ni el más militar pero destaco entre los literarios de la brigada pampeana; no el de mejor disciplina ni el más organizado aunque probablemente uno de los más tangueros. Entonces, yo estoy aquí para hacer la autocrítica, recomponer el partido, retornar al país, sacar a los militares de la Casa Rosada y otros asuntos que se ofrezcan, pero también estoy para poner al día una memoria que se alimenta de información y mitos: en los nocturnos corredores del Louvre los sicarios del duque de Guisa acechaban a Enrique IV de Navarra; el *Tigre* Eduardo Arolas caminaba por estas callecitas, tomaba su Pernod en esa fonda; Martín Fierro le enseñó a pelear a cuchillo a Jean Valjean; en noches perdidas, mientras el conde De la Fere jugaba al tute cabrero con Sartre y con Camus, Arolas quería organizar el sindicato de bohemios y adornar su bandera con el calzón de la verdad; la liga de poetangueros, apretando una sonrisa entre los dientes, asaltaba las torres de París, recuperaba mariposas de Saint Denis para la causa, sin pagar circulaba «*Entre el humo de los puros y el champán de Armenonville*».

Pero los africanos dicen que si uno no es Hemingway, París no es una fiesta. En lo que nos toca, los sudacas fuimos siempre sudacas: un estanciero cada cientosmil zaparrastrosos, todos con las maletas listas para viajar a París. Aunque París, también se sabe, controla su demografía mediante la aplicación de maladie d'amour y tuberculosis a modistillas y poetas andinos, quemando en sus infiernos obstinados impulsos de insectos bailarines. «*Siempre te están esperando/ allá en el barrio feliz;/ pero siempre está nevando/ sobre tu sueño en París.*» Melancolía redonda como una pelota. Hay que patearla lejos. Si regresa, hay que patearla de nuevo, de ser posible, contra los escaparates más vistosos de les Champs

Elisées. Porque, la verdad sea dicha, conviene darse una vuelta por la plaza de las ratas y el boulevard de los sin techo, y es
necesario leer a Fanon y ver *La batalla de Argel* para enterarse mejor de algunas cosas, y con Enrique IV de Navarra llegaron los Borbones, y Margarita de Valois era más puta que
las gallinas, y Rimbaud dejó de ser Rimbaud a los veinte años,
y al Tigre Arolas lo desfondaron a balazos en un callejón de
Montmartre, y los africanos miran todo con ojos como puña-
les, y nadie ha venido aquí a tirar manteca al techo ni a tomar
champán en los zapatos de la reina del Moulin.

Es cierto que la viejuca de la vinería invariablemente
dice «Bonjour monsieur» y «Mercí, au revoir, monsieur» con
una delicadeza que sobrevive al tiempo y mitiga las diferen-
cias del espacio, mientras el sudaca se marea en el estudio de
las etiquetas y denominaciones y decide aprovechar la mejor
vista del naufragio: «Conocés París, tomás vino francés todos
los días; no jodás, Negro»; como cierto es que ya nos saluda-
mos con el hombre del puesto de periódicos: «Bonjour»-
«Bonjour», «¿Sa va?»-«Sa va». Pequeños grandes gestos que
pueden traducirse así: «Eres sapo de otro pozo pero tu ansiedad se ve como la nuestra».

El más próximo es el perro Saló, del árabe de abajo, que
se ha hecho amigo nuestro, quizá porque le damos chorizos y
empanadas, quizá porque el exilio es otro perro callejero.
Confianza fácil e idioma universal, son las ventajas de Saló
sobre los hombres.

A la semana de aterrizar en París ya ejerzo como guía
vocacional para platenses y cordobeses que no dejan de arribar. Los compañeros de Santiago del Estero miran la torre
Eiffel y con el ceño fruncido preguntan:

—¿Eso para qué sirve?

Los llevo a ver los pintores de Montmartre y el Sacré-Coeur. Les hablo del Tigre Arolas y de los comuneros. Después, el Barrio Latino y Notre-Dame. Los santiagueños se impacientan por la acumulación de iglesias. El Louvre, Montparnasse, la tumba de Napoleón, el Arco de Triunfo. Los santiagueños no dan más. Aunque doy fe de haber nacido en General Viamonte, un pueblo más chico que Santiago del Estero, ellos me decretan origen porteño y los más radicales sospechan que trabajo para los militares.

—Todavía les falta ver Pigalle —les digo—. Es el postre. La pornografía los pone frenéticos. (Revisan minuciosamente cada sex shop, para elaborar un mapa completo de la infamia.) Les permite abominar del primer mundo, condenar a París por irredenta burguesía y perversión, y, me doy cuenta, incluirme en esos calificativos.

—¡¿Para qué nos trajiste acá?! —me increpan.

—Esto es la mafia —explico—: Marsella, Córcega, Pigalle. Ri-Fi-Fi entre los hombres. ¿No leyeron a José Giovanni? Los traje para que nunca olviden las tentaciones con que intentará seducirlos el capitalismo. Y ahora, por favor, presten atención: voy a recitarles unas estrofas de *Anclao en París*.

Apuntes para una novela familiar

Aurelio Diez, abuelo de mi abuelo, toda su vida peleó contra cuervos, insectos, roedores, la avaricia de la tierra y el clima impiadoso de Castilla. Los domingos por la tarde —príncipe labriego—, entraba en la taberna. El más palurdo de los allí presentes atacaba: «Oye Aurelio, ¿es verdad que en tu casa hay una cama donde duermen once?». El abuelo de mi abuelo no parpadeaba. Había escuchado el chiste el domingo anterior y lo escucharía el siguiente. El palurdo remataba: «Claro: Diez, y la señora, once». Aurelio Diez decía que los gilipollas eran peores que los cuervos y los conejos, quizá peores que la sequía.

Con otros

En el aeropuerto de Praga me recibe un cubano entre marxista y caribeño. Camino a la ciudad la ruta se encajona entre paredes de nieve. «En Cuba la gente se moriría», dice mi acompañante. Con parecidas cuotas de interés y aprensión, hundido en el paisaje blanco y bajo un cielo apenas agrisado, comprendo las nostalgias del habanero. Mi socio habla mal de los húngaros —«Gitanos inorganizables»—, y me lleva a un departamento de popular piso plastificado. «Yo te llamo, vengo a buscarte, toma algo de dinero.» Se marcha y me deja dos semanas solo.

Praga es la primera ciudad que recorro buscando el socialismo. Encuentro torres góticas, relojes medievales, edificios centenarios, hombres y mujeres arrodillados en las iglesias, gente de trabajo, rostros serios, una silla y una mesa usadas por Vladimir Ilich, comida extraña... (Me pongo a extrañar yo también)... cerveza fuerte, vino con sabor a jarabe expectorante... Dos semanas de nieve, hasta que el amor soporta congeladas estalagmitas de impaciencia. De vez en cuando el cubano llama por teléfono. Critica a colegas de la embajada, culpables del estancamiento de mi viaje, que «Son unos comemierdas». Yo debo quedarme tranquilo y esperar. «Pasea un poco, chico. No te apures.» Un lunes viene con un fotógrafo, me toman fotos, no paran de hablar mal de otros colegas.

El hallazgo en un armario de una pila de revistas *Bohemia* modera mis desasosiegos. Ya no necesito echarme a la calle y caminar como poseído por los demonios, ni debo reclamarle a los santos de El Puente Carlos por las precariedades que me sobran. Por latinos y americanos parentescos, las revistas me llevan a otras calles y otros campos. Si me mantengo lejos de la ventana, puedo ver escenas de mi pueblo. Leo y releo *Bohemias*. El papel sepiado y poroso, la mala impresión de la tinta y una imaginación desbordada ratifican la ley fundamental que rige la relación de los humanos con su entorno: la magia suele estar en otra parte.

Finalmente, volamos a Moscú. «Yo me encargo de tus trámites migratorios», dice el cubano y desaparece. Al bajar del avión me veo frente a un rusito uniformado de veinte años, tan amistoso como una araña, al cual mis papeles le parecen definitivamente comemierdas. El rusito me increpa en su idioma, hace venir a sus mandos para que vean la bazofia de documentación con que pretendo engañarlos. Todos ponen cara de Gulag y el cubano no aparece.

Ni el alma eslava asoma tras las figuras que pasan apuradas ni nadie sabe una palabra de español en ese sitio. Hablaría con el rusito; podría decirle que si estoy delante suyo es por firmar en la lista de quienes han querido reinventar la vida. «Como Rimbaud y el Che, como Lenin, camarada.» Podría hacerlo, si no fuera porque el rusito más bien parece hijo de Stalin y sólo demuestra amar su reglamento. Recuerdo que estoy en la cuna del socialismo y establezco una estrategia de paciencia. Para mostrar tranquilidad y presencia de ánimo, canturreo: *Rumbo a Siberia mañana / saldrá la caravana*, una vieja canción de Agustín Magaldi que, eso espero, no ha de venir al caso. Por fin aparece mi anfitrión, repartiendo sonrisas, remolinos de brazos y explicaciones. El rusito se ve decepcionado por no poder aplicarme la dictadura del proletariado. Rumbo al hotel, el cubano explica que los rusos son muy comemierdas. Al rato me deja solo y se va. Tres días buscando el socialismo. Al amanecer veo ejércitos de trabajadores en marcha. Detrás de las ventanas se ven intercambiables, bajo sombras bajas que parecen aplastarlos, semejan muñecos de cuerda moviéndose sobre un mundo congelado. En la Plaza Roja la nieve se hace agua bajo mis mocasines. Lenin está muerto y lo tienen encerrado, embalsamado como un faraón, tapado el pensamiento de su cerebro inmenso. Las cúpulas coloridas de iglesias orientales no me dejan salir del medioevo. Un taxista intenta cobrarme diez centavos de más y lo odio y lo avergüenzo por vivir en el socialismo y portarse de manera tan cabrona.

Combinando aguante internacionalista con sabiduría de la abuela —«Donde fueres, haz como vieres»—, pruebo sabores ajenos en el comedor del hotel, acompañándolos con jarabes alcohólicos de la región. Mucho me intrigan unas madrecitas que instalan en la vereda mesas cargadas con helados y en pocos minutos liquidan su mercadería. La temperatura está bajo cero pero los rusos consumen helados. Hielo por dentro contra el hielo de afuera. Es asombroso y debe ser hipnótico, porque como curioso gato me acerco y pido el mío. El cubano explica: «Es que son cremosos, chico. Muy energéticos».

Tengo cigarros, conozco lugares que la infancia sembró de maravillas, las mujeres jóvenes son bellas, pero falta fuego en la caverna. ¿Qué somos —me pregunto—, además de ser pobres bestias necesitadas de cariño? ¿Qué nos diferencia de esos perros que buscan afanosamente un trofeo bajo la nieve? ¿Qué hago yo, además de pasear una derrota por el mundo? Me alegro de conocer Praga y Moscú; extraño a Mariana y al Chato; quisiera no estar solo. ¿Qué más puedo decir?

Una noche sueño que Dios no me deja entrar al socialismo. Mi Dios es «El Padre». Tópicamente, un anciano de perdurable fortaleza. Viste túnica blanca, sandalias y en los hombros lleva insignias de teniente general. Hace gestos negativos al verme; con voz dura ordena:

—Traigan a Humberto Toschi.

Me alegra saber que Toschi, buen amigo asesinado por los militares en Trelew, no ha ido al infierno como pronosticaron algunos monseñores de su época. El Gringo aparece tapándose un agujero en el pecho. Está muy serio, como corresponde a un hombre que lleva seis años muerto.

—Nunca pagaste la apuesta —me dice, con un semblante donde la cera y las cenizas impiden ver las emociones—. Quedamos en que al primero en salir de la cárcel el otro debía entregarle una Browning. Yo me fui, pero vos no pagaste.

—¡No te vi más, Gringo, te mataron! —explico con vehemencia, para evitar sospechas de mala fe—. ¿Supiste que se formó una organización con el nombre de ustedes?: el ERP 22 de agosto. ¡22 de agosto, Gringo, para que nadie los olvide![6]

—La deuda sigue en pie —dice Toschi, antes de acostarse en el suelo y mostrar la marca en la sien, un hilo púrpura.

—Es el tiro de gracia —explica Dios.

El Gringo cierra los ojos y se queda muerto.

—¿Dónde está la pistola? —exige Dios.

—¡Qué!

—¡No te hagás el piola y entregá la Browning!

—Usted sabe muy bien que no se puede cruzar armado una frontera.

—¡No volvás por acá si no traés el fierro! —Dios me despide con un gesto.

—Se la voy a dar a mi amigo. A usted no le debo nada —ya estoy por mandarlo al carajo a ese viejo prepotente cuando empieza el tiroteo. Reconozco los golpes de FAL, las metralletas, y comprendo que la cacería ha terminado. Al fin me han encontrado los esbirros. Allí debía ocurrirme, en un país lejano y frío donde no me conoce nadie, donde nadie sabrá nunca de mi muerte. Salto de la cama a la ventana y veo el cielo abierto por la luz de una bengala. Clásico: van a acribillarme cuando asome. Enseguida veo otra bengala y otra más y otra. Después es el escándalo de luces. Una confusa sospecha parte la oscuridad, baja en copos ardientes hasta un rincón de la conciencia. Los fuegos artificiales me llevan a buscar un almanaque y detenerme en la fecha: 31 de diciembre de 1977. En el baño abro la llave y tomo un largo trago de agua. Cuando levanto la cabeza sé que todo va a estar bien en el espejo, que el espejo no sabe lo que la soledad puede hacer con los solitarios.

◆ ◆ ◆

Aeroflot es capítulo aparte. Viajo con un grupo de marineros rusos empleados en una plataforma de ingeniería marítima en aguas caribeñas. Enterados de mi destino a Cuba, los rusos me asignan nacionalidad cubana. Desenfundan una guitarra y con el argumento irrefutable de «Cuba: *guitara*», deciden que siendo cubano debo tocar la guitarra, cantar y bailar. Me hacen comer pescado seco, con piel y espinas, de la mano a los dientes, y soy obligado a beber de las innumerables botellas que cargan. Recibo un vaso enorme de vino blanco y espeso. Lo pruebo, digo «Muy bueno, very good», y ellos me consideran un subnormal y explican, en una mezcla de idiomas tan buena como la mía, que únicamente un verdadero campeón de los comemierdas puede beber de esa manera. Didácticos, me enseñan. Uno presiona su carótida con un dedo y traga, sin respirar, un vaso completo. Hago lo mismo y festejan. Recuerdo que el viaje dura 16 horas y reflexiono sobre mis posibilidades de sobrevivir. Pasa la azafata y me arroja el café encima. Para salvarme finjo dormir, cosa fácil, porque las dieciséis horas de vuelo son nocturnas.

Dos noches seguidas proporcionan cierta sensación de haber salido de las dimensiones conocidas, aproximaciones al túnel del tiempo, intuiciones de que la eternidad provoca claustrofobia. Cuando las dieciséis horas se cumplen, sale el sol sobre las palmas habaneras y uno baja del avión y «se pone» a buscar el socialismo.

◆ ◆ ◆

Los cubanos no tienen casi nada pero me dan casi todo. La prueba es esa pierna de jamón serrano y esa botella de Havana Club siete años —atenciones especiales para el compañero de Argentina— que ni para los isleños ni para mí resultan habituales.

De día hay trabajos y estudios, se combate contra el bloqueo y las agresiones del imperialismo; de nueve a diez de la noche todo el país mira la novela por televisión.

Un cuadro político cubano me habla bien de Perón y discutimos mucho; un profesor se molesta con un libro ruso que critica a Stalin; un jefe conspirativo cuestiona mi liberalismo —«Está perdiendo reflejos, compañero»—, cuando toca el timbre de mi departamento y yo, sin antes verificar que no se trata de veinte militares argentinos que vienen a secuestrarme, abro la puerta... Un oficial del ejército me cuenta que coincidió en un partido de básquet con Fidel. *El Caballo* jugó un rato, pasó a descansar, se quitó un tenis, y ocurrió: «Yo miraba ese pie, ese cable a tierra que unía al jefe con el mundo, y no me parecía ver un pie cualquiera sino algo especial, no sé cómo explicarlo... Óyeme bien y no pienses que soy un comemierda. Sé que un pie es un pie, pero en ese momento el pie del comandante parecía tener vida propia, mucha fuerza y algo que manifestar relacionado conmigo».

Cada mañana, mientras preparo café, miro un cuadrado de mar por la ventana. Admitida nuestra cultura, mitologías y múltiples etcéteras, y dado que el mar es como un cielo a nuestro alcance, donde podemos chapotear, ir y venir, investigarle sus adentros, mi relación con él es abundantemente mística y aún más contradictoria. Siempre he querido vivir en la costa, quizá con una ciudad cercana donde encontrar el ruido y los carteles luminosos, «mi» centro comercial, «mi» pizzería y «mi» asfalto cuando los necesite. Cada vez que llego al mar «sé» que debo entrar en trance, quedarme ahí entre tarado y metafísico, en plan grano de arena sumado al infinito, por eso me molesta darme cuenta de que al rato me aburren los azules. No puedo evitarlo. Lo mismo me pasa con Notre-Dame y los pintores postimpresionistas.

Por improvisados túneles del alma —madreada, escuálida, cubierta de hollín... hay que tener un alma para que pasen estas cosas—, las calles de El Vedado comunican con General Viamonte. Los coches son los mismos: reliquias de la década del cincuenta que, asmáticos y gracias a una mecánica laboriosa, como esos viejos tozudos que se presentan a correr las maratones, entre admirable y milagrosamente, funcionan. Las puertas de las casas permanecen abiertas. Dueñas del barrio, las mujeres recrean la vida en las veredas, cruzan de una casa a otra, de ventana a ventana informan que mañana habrá lechuga en la bodega, se ofrecen un congrí recién hecho y regañan a los desorejados hijos del vecino; los viejos se sientan buscando ese soplo de aire fresco que una vez al día mitiga la pesadez de un verano perpetuo; los chicos se hacen grandes en la calle. Mosquitos, noches seguras, voces de madres y de perros, negras flores en las sombras, casas más casas menos, juegos y trampas de la memoria inventan los túneles por donde un pibe vuelve a visitar su pueblo.

Sumado alegremente al mito —¿por qué no habría de

hacerlo alguien que habita el departamento donde vivió Roque Dalton y camina lugares recorridos por el Che?—, cuando me voy, servidor de un acento que durará dos meses, digo «Qué tú quieres», «Mi socio», «Óyeme bien lo que te voy a decir», «Deja ya po' favo' de come' miedda».

Trabajos de Mariana

En la playa es necesario cuidarse de los ladrones, sin olvidar que nadie trae un cartel en la frente con la leyenda «Soy ladrón». Los más peligrosos son los simpáticos, esos que se acercan y dicen «Amiga, hola amiga, ¿vocé sería tan amable de cuidar mi camiseta?». Entran al agua, regresan, sugieren «Si vocé quiere bañarse, llevar el niño al agua, meu puede cuidar su bolso».

Hace cuarenta días que el Negro mostró su pulgar levantado en el aeropuerto *El Galeao*, desde entonces Mariana convive con otras compañeras. Apenas se juntan dos deben organizarse, socializar la vida en el departamento alquilado, las tareas, el uso del jabón y del dinero. Una santiagueña propone eliminar cigarros para comprar más leche y que en vez de malgastar dinero en cerveza beban agua y coman frijoles. Mariana sonríe para sus adentros, hace apuntes mentales para contarle al Negro. Se comparten historias truculentas, cada mujer trae su drama individual, su caravana de invisibles, venas abiertas y un comprensible protagonismo en la vidriera.

Los cariocas juegan *boley* con el pie y con la cabeza. Las

voces locales suenan rítmicamente, como suave lluvia contra un vidrio. Mariana se siente bien en esa diferencia. Si alguien piensa proponerle una demostración persona a persona de la curiosa manera en que los delfines hacen el amor bajo las olas, prefiere no enterarse. Un niño pasa corriendo y hace volar arena sobre su cabeza. Mariana cierra los ojos.

Va por la plaza del pueblo, con su flequillo y sin el diente que le falta. El verano santafecino es como un gato, primero lame y después muerde la piel. Hoy Mariana se ha portado super bien y la premiaron con tres monedas. En la confitería Alberdi compra un helado de vainilla; debe apurarse a sorberlo, antes de que el calor lo licúe. Al pasar junto a ellas, saluda a dos niñas conocidas. El jardinero riega los rosales de la plaza. Al fondo ve la iglesia y, en el atrio, mirándola como si tuviera algo que decirle, reconoce al cura que —años más tarde— morirá acribillado por las Tres A.

El sol sube al centro del cielo sobre Copacabana y Mariana recuerda que es hora de calcinarse o de tomar precauciones. Quiere quemarse pero no como si fuera Juana de Arco. Desechado el aceite de coco, que tiñe tanto como hierve la piel, ha optado por una crema traída de Argentina. Ve un pedazo de sombra cerca suyo y decide trasladarse. El *Juntacadáveres* de Onetti exige concentración; algunos personajes se le pierden; las letras se mueven como hormigas bajo una luz que parte los ojos.

De perfil, la gorda Nora se ve menos gorda. Es curioso que aparezca con la boca pintada de ese fucsia rabioso que sus amigas, Mariana también, le han criticado. Felisa Ravetti pide al mozo tres vermuts con ingredientes. Las tres llevan cola de caballo y anteojos negros. Los muchachos que circulan frente a la confitería actúan de acuerdo con una lógica numérica rigurosa: si van solos pasan apurados y apenas dicen «Adiós» o «Buenas tardes»; en grupo se exhiben, hablan fuerte, dicen «Adiós las tres, las tres Marías», ríen a carcajadas, muy tontos los pobres. Mariana recuerda que lleva semanas considerando la (im)posibilidad de enamorarse de Aníbal Gómez. Acaba de leer los *Pasajes de la guerra revolucionaria*, del Che Guevara, y no halla forma de imaginarse a Aníbal vestido de verde olivo, «desfaziendo entuertos» con su fusil en una selva. La gorda Nora, como siempre, tiene algo picante para contar, «Entonces, él le dice, para ese conejito yo tengo una escopetita». Las tres se ahogan de risa. Pasa el chico de los diarios y Mariana se fija en el titular de la primera página: MANIFESTACIÓN CONTRA EL GOBIERNO DEL GENERAL ONGANÍA. EN LOS DISTURBIOS MUERE EL ESTUDIANTE SANTIAGO PAMPILLON.

El Chato lloriquea porque un futbolista le destrozó el castillo de arena laboriosamente construido en la última hora. Mariana le ofrece una mandarina. El Chato patalea. Él quiere su castillo, no una mandarina. «¿Cuándo vamos con papá?», aprovecha para tomar la ofensiva, ponerla en deuda. «Pronto, muy pronto». Mariana rabia al pensar que no la dejan asilarse en ACNUR. Vive tan clandestina en Río como vivió en Buenos Aires. Lleva años metida en aventuras oscilantes entre lo grandioso y lo ridículo, sobre las que pocas veces puede opinar, cuando opina no parece que la escuchen, y si la escuchan es para reprocharle debilidades ideológicas. De nuevo le apetece el sol. «Vení, yo te ayudo, vamos a hacerlo de nuevo. Traé agua porque la arena está muy seca. No tengas miedo, yo te miro desde acá»… «No, no hay tiburones.

Vos andá y traé agua, un balde lleno.» Prende un cigarrillo mientras vigila al Chato. Entre las ondulaciones del aire caliente y el sol contra sus ojos, casi no se ve el humo. En algún lado ha leído que hay pocos ciegos fumadores. Al parecer, quienes no pueden contemplar el baile de figuras azuladas sobre la brasa pierden interés por el tabaco.

En el internado de monjas debe fumar escondida, como todas. Las monjas seguramente lo saben. Sin gran cosa que hacer y espías como son, atraídas siempre por la posibilidad de encontrar a las pupilas en problemas y convertir esos problemas en culpas, difícilmente sean ajenas a las evidencias de cenizas, restos de paquetes y olores de alquitrán y nicotina. El regocijo se les adivina tras la severidad. Con fruición mastican: «Es una falta gravísima, un pecado terrible. Qué van a decir tus padres cuando se enteren». «¿Van a enterarse?» «Sólo Dios lo sabe.» «Mejor que no se enteren, ahorrémosles esa preocupación.» «Ellos pagan y tienen derecho a saber en qué pierde el tiempo su hija, cómo despilfarra el dinero recibido, en qué abusos quema su salud y su decencia.» «Si les dice todo eso me van a sacar del internado.» El territorio liberado de Mariana va de la facultad a ciertos bares vespertinos, pasa por el cine, se detiene en la literatura, algunas buenas amigas, amores volanderos y —cercándola y esperándola—, un sentimiento dramático de la existencia que halla en la realidad campos fértiles para su desarrollo. Llega para América *la hora de los hornos* y para el mundo llega la hora de las mujeres. Se anuncian vuelos de la imaginación y la inteligencia. Los condenados acosan al verdugo. Brutalidad y racismo son fieras de papel. Hay que estar presente, no en la platea sino en el escenario. En Trelew asesinaron a dieciséis guerrilleros. A uno lo van a velar en Rosario y media ciudad estará en el entierro.

Regresa el Chato con un balde que amenaza perder la mitad de su contenido entre la orilla del mar y el castillejo en ruinas. Quince minutos más y será hora de volver al departamento, comer, lavar los platos, dormir un rato, escribir un sueño en el cuaderno. Como todo lo actuado en los últimos años, también el sueño debe ser clandestino, porque si frente a uniformados debe esconder naturaleza, objetivos y conductas, frente a respuestas como piedras de compañeros con otros uniformes, sus dudas son gorriones con destino de pedrada en la frente. Si va a escribir un sueño conviene buscar algo personal, más relacionado con refugios y fidelidades que con destinos manifiestos. Tal vez olores a limonero y menta, la frescura del patio en las mañanas, el cotorreo de voces familiares, discusiones sonoras junto a una fuente de ravioles, tangos viejos en la radio, una luna olvidada por García Lorca en la ventana. Si no es mucho pedir, Mariana quisiera un sueño más real que el territorio de ausencias donde habita.

«Ya volví mamá, traje el agua.» A Mariana le faltan fuerzas para ponerse a trabajar con arena y agua. Rechaza verse obligada a sonreír y caminar bajo el sol y elegir la sombra y comer y vestirse y repasar la desgracia y escuchar otras desgracias que insisten en contarle. Con ganas de llorar considera el balde del Chato. «Vamos mamá, hacelo de nuevo». «Está bien, andá a traer más agua.» Moja la arena para volverla sólida y se pone a trabajar. «Amiga, amiga, ¿vocé necesita ayuda? ¿Se ha enterado del romántico cortejo realizado por los delfines debajo del agua? ¿Qué tal si vocé y meu? ¿No? ¿Quizá más tarde? Vocé dirá.»

Hay una dualidad decididamente alegre en ese moverse entre cuarteles y monasterios cuando se tienen veinte años y proyectos compartidos con gente que ha dejado atrás los lamentos para entrar en el reino de los hechos. Con impaciencia, Mariana se aparta de habladores profesionales de la facultad y profesionales de la crítica del Bar Imperial. Lo que muerde su sangre crece con la lectura de diarios y el conocimiento de la historia. Fruta madura de una gran cosecha, Mariana se encuentra a punto para ese encuentro en el que puede cifrarse su destino. «¿Si querés, te organizo una cita con mi Responsable?» «Quiero.» «¿Si te parece, lo invito para mañana?» «Me parece.»

Una mala maniobra de los jugadores de *boley* proyecta la pelota contra las murallas del castillo. Mariana escucha los sonrientes pedidos de perdón de tres movedizos cariocas. Ve al Chato con su balde y recuerda el mito de Sísifo. Controla su reloj y se dispone a dejar la playa. «Ya se hizo tarde. Mañana vamos a hacer un castillo más grande.» Camino del departamento sospecha que quizá no ha sido seleccionada para transformar el mundo; intuye que debería elegir ella sus deberes, precisar ella sus obligaciones; piensa que sacrificio es mala palabra y que peor es morir hoy para vivir mañana. Cambia de vereda cuando ve a los invisibles. Trata de cambiar de vereda al ver a los invisibles. Abre los ojos al oír las voces. Sus ojos se llenan de arena. El sol la ciega. No puede regresar. Comprende Mariana que no puede regresar. Los invisibles le explican que no hay regreso para nadie.

Apuntes para una novela familiar

Mi tío Rafael era el aventurero de la familia. Provisto de un bastón casi tan alto como él, de esos curvados arriba que merecen el sonoro nombre de cayados, hecho por sus manos con una rama de madera dura, útil para trepar lomas y defenderse de cocodrilos y escorpiones, Rafael caminaba Latinoamérica con la misma dedicación puesta por otros en vender terrenos o estudiar el Código Civil.

Mi tío medía unos tres metros de altura; sus cabellos volaban como los de un profeta; buscaba la piedra filosofal; miraba la vida con telescopios; luchaba contra sarracenos y facinerosos; aparecía y desaparecía por artes mágicas; no conocía el aburrimiento.

Rafael andaba un tiempo cerca de nosotros, visible sobre el asfalto, y después continuaba sus andanzas. Yo era un niño y apenas puedo imaginar por qué lo hacía.

Con otros

En Italia vivo en el monte Follo. Abajo hay un pueblito, Pian di Follo; arriba otro, Follo Alto. En el medio estamos nosotros, *Argentina Quindici*: quince varones sureños en un monte de la Liguria. Habitamos en la casa vieja de una familia campesina prestada por el *compagno* Luigi, del Partido Comunista de Italia. Una casa como se ven muchas en la campiña italiana. Abajo hay una prensa para hacer el vino, una vaca, un cerdo y seis ovejas; arriba están las habitaciones. Un día sus dueños ven llegada la hora de habitar una vivienda mejor, entonces, levantan otra casa a veinte o cien metros de la primera, separan a las bestias en un corral, compran muebles nuevos y se mudan. La casa vieja suele quedar como estaba, convertida en museo familiar, recuerdo de duros tiempos. *Nostalgía*.

Quince extranjeros trasplantados conmocionan la vida de cualquier pueblo, al menos en este planeta. Si además son todos del mismo sexo, el cuadro se pinta con colores novelescos. Rápidamente nos convertimos en atractivo turístico de la zona. Recibimos visitas políticas y sociales. Aunque estamos más ligados al PCI, nos frecuentan socialistas, compagnos de Lotta Continua y Autonomía Operaia, en secreto algunos brigadistas, despistadamente algún demócrata cristiano, y abrumadoramente nos visitan muchachas que vienen a observar si en algún rostro pampeano anida un prospecto de futuro.

Nuestra severidad militante impone al grupo un estilo de monasterio. No son las ganas pero son las reglas. La debilidad ante los encantos del otro sexo puede ser severamente sancionada. Ante todo en el caso de compañeros que tienen pareja, y eso aunque la tengan en Brasil desde hace más de cuatro meses, pero también tratándose de embajadores en Italia, nada menos que de la Revolución Argentina, representación poco afín con prácticas tales como corretear ninfas ligures en un bosque de Los Apeninos. Y como un partido político —cualesquiera sean sus signos y baños de pureza— también es ámbito donde la gente hace carrera, para lo cual conviene llevarse bien con los superiores y no hacerse sancionar a cada rato, el resultado es que andamos todos tentados, reprimidos y abundantemente esquizofrénicos.

A las cinco y cuarenta y cinco de la mañana nos levantamos. Nuestra primera afirmación de unidad colectiva consiste en mear juntos. Parados en el filo de un barranco arrojamos cálidos chorros de ácido úrico que humean sobre el pasto helado. Después nos lavamos, desayunamos, estudiamos, porque somos una «Escuela de Cuadros». Y trabajamos. Un equipo lava la ropa, otro se encarga de la cocina y otros de diversas actividades. Si no hay trabajo, las autoridades de la escuela lo inventan.

Junto a la casa hay un árbol de caquis y el monte está poblado de castaños. Una de nuestras tareas constantes es

juntar castañas. Comemos castañas de todas las maneras posibles. Inventamos el puré de castañas y la ensalada de castañas. Quedamos más que hartos de caquis y castañas. La es-
pecialización gastronómica dura hasta que las provisiones
empiezan a perderse. Ocurre que los frutos se juntan, el equipo de cocina los deja listos para ser comidos al mediodía, los
compañeros se integran a sus clases, pero, cuando vuelven las
castañas no están. Han desaparecido. Nadie sabe nada. Tal
vez los duendes del monte no quieren que comamos más castañas. A veces se las encuentra desparramadas a varios metros de la cocina, como si alguien hubiera tomado la fuente y
arrojado su contenido violentamente por la ventana.

Escena en un bar de La Spezia. Personajes: un nativo que
bebe café doppio ristretto en taza grande y un argentino
que ha aprendido a pedir Campari cul bianco. El argento se
siente amistoso y valiente con el idioma, que es como un cocoliche más cerrado. Su reloj marca las tres de la tarde. Recuerda que los nativos llaman pomeriggio a esa parte del día.
Claro, lo recuerda a su manera. Decidido a entablar conversación, el argentino ataca con el universal tema del tiempo:
　　—Bell formaggio, ¿no?
　　—El ligure lo mira en silencio. Se pregunta de qué queso le estarán hablando.

Una mujer y un hombre entran a un hotel de Bologna. Con
solvencia articulan buona notte. El hotelero responde buona
sera. Un poco más laboriosamente los sureños piden una ha-

bitación. Cuando están solos, muy agitada, la mujer encara a su compañero:

—¡Viste. Se dio cuenta de que venimos de Buenos Aires!

La misma pareja diez minutos después. La mujer ve la ducha de «teléfono» en el baño. Vuelve a encarar a su consorte:

—¡Nos pusieron un micrófono en el baño!

Poco después conozco el Coliseo y recupero a Mariana. El marco lloviznoso y ocre —gatos y espíritus de la vieja Roma—, alberga la segunda aparición de Mariana. (Juan Diego[7] propuso cambio de roles pero lo amenacé con no dejarle un hueso sano.) Negra de sol y luminosa, flaca como una modelo, después de eternidades invertidas en esperar un pasaje de avión en Copacabana y de mal alimentarse de feijohada, Mariana se me aparece en Roma.

Mariana es blanca, de pelo castaño derivado al rubio, alguna vez cenizo, alguna vez con tentaciones pelirrojas. Únicamente en Roma fue negra para mí. Y blanca detrás del negro. Combinación de ella y sus posibilidades: el mejor remedio contra los avances del frío romano.

Por la mañana, después de amorosos escándalos, Mariana se levanta temprano y sale a la calle. Me trae el desayuno a la cama. «Te tengo una sorpresa», dice y con su sonrisa de hacer caminar a los paralíticos me ofrece dos caquis y una bolsa de castañas.

Ragazza di Parma

La diferencia entre un campesino de La Patagonia y otro de Parma se encuentra en la máquina de secar lechuga. Uno de ellos, hundido en el pasado, abre su espalda sobre la tierra; el otro cuida le bestie y viaja en motocicleta, dedica lo mejor de la huerta a sus viñedos, fabrica vino, jamón, monumentales quesos, tiene discos con canciones de moda, películas del año junto a la videocasetera y el frizer repleto de helados industriales. Su espalda sufre igual pero posee más objetos. (Dicho de otra manera, posee más objetos pero su espalda sufre igual.) Uno vive el campo como un paese más abierto; el otro es servidor de inmensidades, en guerra contra el granizo, la soledad, las alimañas.

Mariana, hija de Mario, nieta y sobrina de Carlo, Vincenza y Antonino, embajadora de viajeros que hace cien años marcharon a fare l'América, ha regresado. Criatura del asfalto, señora de la calle Mendoza en el barrio de Belgrano, pariente de gauchos gringos y partisanos, Mariana vuelve al campo. Desde un país donde hay pueblos que se llaman Piamonte, Cinque Terre, Montefiori y donde uno de cada cuatro habitantes se apellida Carnevale o Saccomanno, Mariana llega a Parma.

En esa casa vivió Giuseppe Verdi, en aquella finca filmaron *Novecento*, por la rocca[8] de Soragna se pasea el fantasma de Donna Cennerinna. Los parmigiani los ven de lejos, sacan botellas polvorientas y ofrecen un *bicchiere* del mejor vino de la región, muy superior al que fabrican los *terroni* de atrás de la loma, el cura y el sargento de *carabinieri*. La diferencia entre Parma y el resto del mundo es cuestión de largos paseos en bicicleta, se hace notoria al pedalear y deslizarse, la mirada dispuesta a la belleza, por un camino que parte el campo.

Suspendidas complicaciones de legalidad y economía —por un rato el olvido en la cabeza—, la complicidad inunda sobremesas con desmedidos alcoholes: néctares rojos y verdes, licores de hierbas, frutas y flores. Comidas inexistentes en la ciudad, que sólo pueden disfrutarse en el campo, y que en el campo exclusivamente se sirven cuando llegan invitados. Mesa puesta como síntesis de la unidad del hombre con la tierra. Demostraciones de artesanal orgullo detrás de las cuales reluce la amistad.

Ya han dicho las palabras del reencuentro, han declarado amor por Italia y han descubierto que por primera vez salen juntos de vacaciones. Toca decir algo distinto. Le toca al Negro.

—Vámonos a España, Marianela.

—¿Qué vamos a hacer en España?

—Palmear farrucas, desayunar carajillos con porras, comer pucherito de gallina con viejo vino Carlón, hablar argentino, irnos a los toros y de putas.

—¡Tú que te vas de putas y yo que te parto la madre que te parió!

—¡Arza! ¡Eza é mi chavala! ¡Ma'maja que un clavé!

Apuntes para una novela familiar

Desde que la conozco Mariana no ha dejado de ir tras una música que siempre le lleva dos pasos de ventaja. El efecto es raro —también grave, de newtoniana gravedad—, porque al incluir su piel partes imantadas que afectan a ciertos minerales de mi cuerpo no permitiéndoles alejarse demasiado, ocurre que frecuentar su entorno me permite acceder a ecos de un bandoneón, remotas cuerdas y bronces, y, a pesar de mi escasa formación musical, apreciar fragmentos de la interpretación del único tango compuesto por Mozart.

Con otros

Todos somos inmigrantes. Descendemos de los barcos, de los montes, de los caminos, de los árboles. El ario puro es hijo de madre gitana y padre negro. Apenas bajamos del árbol nos atacó el vértigo del pensamiento y desde entonces no logramos quedarnos quietos. Detrás de una zanahoria o delante de una orden de captura, viajamos. A partir de 1976 Argentina viajó más: los hijos de *Martín Fierro* salieron de la cueva, aparecieron como termitas sobre los continentes. Además de sicoanalistas lacanianos, exiliados políticos y económicos, apareció un tipo de turista con caracteres definidos: ubicación privilegiada en la economía argentina, vinculada con las grandes empresas favorecidas por los militares; rápido enriquecimiento personal, contrastante con el empobrecimiento rápido de la mayoría; afinidad con el orden cuartelero impuesto en el granero del mundo. Uno los encontraba en El Cairo, mirando de reojo tanta piel oscura; en Finlandia quejándose del frío, contando cuentos de gallegos en La Coruña. No era fácil soportarlos.

Ahí está. Es el rey de los chantas. Habla para todos los presentes; muestra tarjetas de crédito; se exhibe. Estudia al pasaje que espera ser embarcado y, cuando me toca el turno, no puedo evitar sentirme involucrado en una mirada especial, una mirada como si el observador esperara algo de mí, algo que inevitablemente sucede cuando ya no puedo mantener silencio y abro la boca para contestarle al Chato, sujeto que disimula mal su condición de sudaca.

El chanta se me viene encima:

—¡¿Sos argentino?!

—No. Uruguayo.

Breve pausa para que el chanta decida que, al menos en Génova, un uruguayo es casi tan bueno como un argentino. «Los rioplatenses estamos en todas partes» concede, me palmotea la espalda, se muestra generoso. Él viene de Suiza. Cuenta que si uno tira una caja de fósforos en la calle los relojeros lo meten preso. Cuestiona la comida sabor a nada de Zurich y el vino agrio de Lombardía.

Mariana se divierte, yo sufro y el chanta parece dispuesto a adoptarme.

Cuando se forman las filas para subir al barco Génova-Barcelona, logramos eludirlo. Dedico el resto del viaje a huir de él y controlarlo desde lejos. Lo veo abrumar a distintos pasajeros y quedarse siempre solo.

Por no reconocer, al rato no reconocí ni mi calidad de rioplatense. Muerta de risa, Mariana me cuenta:

—Vos caminabas por cubierta y el chanta iba tres metros atrás llamándote. «¡Oriental, oriental!» te gritaba, y vos seguías sin escucharlo.

Salvado por los vientos del Mediterráneo, no volví a cruzar palabra con mi compatriota.

◆ ◆ ◆

Con los ojos irritados por la cantidad de tetas que flamean entre arena y cielo, sentado en la playa de Saint Tropez, lo veo: viste zapatos acordonados y calcetines, y eso es todo lo que viste. Con un oficinesco portafolios de cuero colgado de la mano derecha pasa caminando y se va. Es como una visión, casi me distrae de la contemplación de tetas.

En la costa nos reciben las autoridades de migración de Barcelona. Me acomodo el peinado, el nudo de la corbata y muestro un pasaporte donde consta el apellido Suárez. El empleado de migración mira el pasaporte, me mira a mí y con algo parecido a una sonrisa, dice:

—Suárez. Como nuestro presidente.

Mientras recupero el documento observo al marroquí mal vestido, a quien otros empleados migratorios obligan a descalzarse para revisarle los zapatos.

Engancharon dos vagones

En el tren que va a Madrid tenemos nuestro primer encuentro
con la idiosincrasia de Aragón. En el universal catálogo de ra-
cismos cotidianos, presumidas virtudes propias y descalificaciones al vecino, destaca la especie de que los gallegos son bestias. Brutos de media neurona en ejercicio. Coexisten en
España, sin embargo, varias teorías al respecto. Hay, por
ejemplo, quien dice que los verdaderamente bestias son los
aragoneses. Otros se van por los pueblos. «Los más bestias de
España son los de Lepe.» «Quita, hombre, que bestias como
los de Calatorao no los he visto en ninguna parte.» Y así se llevan, mejorando la «España una» del Caudillo. El caso es que
viajamos, Mariana, el Chato y yo en un compartimento para
seis personas sentadas. Intentamos dormir cuando en mitad
de la noche ingresan a nuestro espacio tres hombres. Uno de
ellos es aragonés, los otros quién sabe. El aragonés se pone a
vociferar como si estuviera enojadísimo. No le pasa nada, es
su forma de comunicarse. A grito pelado proclama que la gente más mala de España es la del madrileño barrio de Vallecas.
Se caga en la leche puñetera todo el tiempo, aunque a veces se
caga en los muertos de conocidos suyos. No para de barritar.

Amistosamente yo, o menos amistosamente Mariana, alguien demuestra interés en la posibilidad de oírlo gritar con menos entusiasmo. Pero el aragonés ha pagado su boleto, tiene ganas de hablar y se caga en los muertos de quienes confundan un tren con una cama. Dicha una cosa y respondida otra, como es de rigor en España, sucede una discusión donde todo el mundo opina y en la cual, por suerte, los compañeros del aragonés defienden la parte nuestra. «Mira que los señores llevan un niño.» «Qué van a pensar ellos de nosotros.» En seguida reconocen nuestra calidad de extranjeros y amablemente exigen nuestra filiación completa. «Ah, vienen de Argentina. A nosotros se nos va Franco y a ustedes les cae Videla. ¡Habrá que joderse!» Uno de ellos tiene parientes en Santiago del Estero, «A lo mejor ustedes los conocen». Y que si hemos visto el programa *500 Millones*, de Televisión Española, difundido también en Argentina. Y nosotros que no, ni puta idea. (Lo aragonés se pega fácil). Y ellos, «Es raro, porque se pasa en toda América». «Pues mira, quizá cuando los señores ven televisión, el programa nuestro pasa por otro canal.» «Sí, es probable, así debe ser.» Suave conversación, de simple acompañamiento, cuya culminación ocurre cuando en gesto que lo honra el hijo de Aragón dice: «Vale, por el niño», y ya después grita más discretamente.

En Madrid nos instalamos en un hostal en Puerta del Sol. Dejamos nuestras maletas y salimos a caminar. El centro es un río de gente; las cerilleras se han escapado de un cuento de Andersen; la policía carga contra una manifestación de estudiantes y nos sentimos como en casa. En Plaza España fumamos sentados en un banco. Es invierno. Yo llevo abrigo negro y mis bigotes; Mariana cubre su cabeza con un pañuelo rojo y luce aretes grandes y redondos. Cinco minutos después una joven pareja de japoneses nos pide permiso para tomarnos una foto. No parecen de la CIA ni de la DGS española ni del SIE argentino. Nos inquietamos igual, por reflejos y porque los agentes de la CIA no deben parecerlo. Investigamos y se nos informa que los hijos del sol naciente quieren la imagen-recuerdo de una pareja típica madrileña. Nos dejamos fotografiar.

Feria de los partidos de izquierda en la Casa de Campo: Mariana atiende un puesto de empanadas y folletos políticos, afiches, etcétera, de Argentina. Un grupo de españolitos, entre adolescentes y gamberros, circula en las cercanías. Corren, se atropellan, se arrojan platos grasientos que siempre van a golpear a otras personas. Cuando uno de ellos choca contra el puesto, poniendo en peligro a las empanadas y al Che Guevara, Mariana los increpa: «¡Se pueden dejar de joder! ¡Hace dos horas que están jodiendo! ¡Por qué no se van a joder a otro lado!». Divertidos y aterrados los adolescentes gamberros sólo atinan a responder: «¡Pero, flaca!». Más tarde alguien le explica a Mariana el uso del verbo joder en España.

En Madrid nos iniciamos en el oficio de artesanos y vendedores ambulantes. Detalle más o menos, la misma profesión practicada por miles de sudacas. Además de operar como poderoso afrodisíaco, la muerte del Caudillo abrió los ojos españoles a las bellezas del consumismo. Gracias a ello, sobrevivir es fácil, basta inventar algo para venderle a los hispanos, trabajar como burro para hacerlo y congelarse en la calle para colocarlo. Intelectualmente puede uno refugiarse en la idea de una colonización al revés, una revancha al cabo de quinientos años: los americanos traficamos vidrios de colores a cambio de pesetas de la madre patria. Pero sólo somos mendigos laboriosos, eso sí, de calidad, cultivados a veces, envueltos en el halo de los perseguidos. Nada que ver con rudos ciudadanos que instalan sus cajones de lustrabotas, venden hachís y muestran navajas cuando se enojan.

El tiempo pasa en esos menesteres. Cuando tenemos suerte conseguimos pedidos para grandes almacenes. Cuando no, frecuentamos el Rastro, el Paseo del Prado, los Sanfermines de Pamplona, las Fallas de Valencia. Vendemos monederos y el partido se fracciona. Colocamos carteras y nuestro proyecto de retorno agoniza. Vieja historia de muchos que repetimos con una calma semejante a la fatalidad.

A los dos años de vivir en Carabanchel alcancé una verdad iluminada. Recordé a mi abuelo, que a los once años se largó de Valladolid y apareció en la tercera clase de un barco frente al puerto de Buenos Aires, propietario de una bolsa de pan y queso y de un naipe para apostar sobre el tapete verde de la pampa. Mi abuelo que fue herrero, que a los setenta años fumaba ochenta cigarros negros en cada jornada, que no volvió a ver las torres de Castilla ni dejó de ser escéptico e inapelable un solo día. Pensé en él, marchándose a Argentina, y en mí, entrando en España. Yo continuaba la parábola de mi abuelo: más prófugo que pródigo, regresaba en su lugar. En Madrid viviría y tendría hijos españoles. Sería el argentino, el che, el sudaca. Entre mi abuelo y yo le habíamos dado la vuelta al mapa.

Literariamente seductora, mi verdad iluminada era falsa. Un lunes, Mariana y yo deliberamos:

«Vámonos a México, Marimorena.» «¿Qué vamos a hacer en México?» «Vivir en Latinoamérica.» «No tenemos dinero.» «¿Y cuándo hemos tenido dinero?» «Sí, pero el pasaje y dónde vamos a vivir y de qué y con qué.» «Hay un viaje barato de PANAM que sale de Londres. Nos vamos una semana a London, paseamos, recorremos la ciudad, nos despedimos como turistas. Además, ya es hora de conocer Inglaterra.» «Bueno, eso sí.»

—Te voy a fotografiar decapitada en la Torre de Londres.

—Eso se lo dirás a todas.

IV

1981/1982

Retornos

Cuatro hombres en una mesa del bar-comedor *La Cigarra* llenaban el lugar con sus acciones y omisiones. Pateando el piso y vociferándole al «¡Pinche mesero, apúrate que no tengo tu tiempo!» y al teléfono ubicado junto a ellos «¡Sí, señor! ¡Afirmativo, señor! ¡Sórdenes, señor!», no hubieran pasado inadvertidos ni en un domingo de *América-Guadalajara* en el Estadio Azteca. Reían como demonios de pastorela, golpeaban la mesa, chocaban botellas contra bolsas negras de mano cuyos contenidos desprendían sonidos metálicos. Dichas actividades ocupaban aproximadamente el noventa por ciento de su tiempo. El resto lo invertían en comportarse como monjes tibetanos chismosos. No dejaban de hablar, pero lo hacían apenas por encima de la barrera del silencio. Con las cabezas inclinadas hacia el centro de la mesa, sus labios semicerrados despedían murmullos inaudibles a un metro de distancia.

El aspecto de los cuatro desarrollaba variantes de un modelo conocido: deportivo-mafioso; mafioso-bestia; mafioso-dorado y criminal nato-mafioso. Cuando aullaban se los veía en su elemento; al bajar la voz, parecía obligado suponer que compartían secretos.

—Estábamos en el rancho y cae el Carri con la pelirroja esa y la presenta como artista de cine y televisión. La vieja traía un vestido rojo transparente y parecía una diabla puta y comunista. El pelo, la boca, el corpiño, el calzón, los zapatos... todo era rojo. Uno veía esos melones rojizos escapándosele del sostén y los colmillos le crecían cuatro centímetros.

—A mí lo que me crecería no serían exactamente los colmillos. Y a los cuatro centímetros agrégale otros veinte.

—Más pronto cae un hablador... No importa. Se festejaba el cumpleaños del abuelo: setenta y cinco kilómetros bien cabrones. Al ruco le habían dado un coctel afrodisíaco y tres whiskys, y la pelirroja era el regalo principal. La feliz pareja bailaba el vals de los novios cuando llegó el secretario de... —en ese momento el sujeto parlante hacía una seña, las cabezas iban al centro de la mesa y los vecinos quedaban sin saber quién era el secretario de... y cómo seguía el romance del abuelo con la pelirroja. Por varios minutos la escena combinaba risas explosivas con murmullos lejanos. El clímax se evidenciaba por carcajadas conjuntas y más sonoras que las anteriores—... Y entonces el viejo dice: «Estuve creyéndola virgen hasta darme cuenta de que llevaba puestos los calzones».

El aquelarre crecía. «¡Chupó faros el secretario!» «¡Mejor chupó el abuelo!» «A las once de la mañana del día siguiente el homenajeado seguía en cama. Lo fueron a buscar y amablemente les dijo: "Se me van mucho a la chingada y me dejan descansar tranquilo. Estoy preparándome para mi próximo cumpleaños".»

«No, pus sí.» «Me cae que eso me gustaría hacer a mí.» «Cuenta tú, Malacara, la historia del camión.» «No. Ya se la saben.» «El Muerto no la sabe. Cuéntala para el Muerto.»

«¿Qué pasó en un camión?» «Césare se tronó a una vieja en un camión lleno de gente y nadie se dio cuenta.» «No lo creo.» «Cuenta, Malacara.» «Ándale, Césare.» «No tiene caso, Godzila. Ya son las tres y el jefe nos espera. Después se la agarra conmigo y dice que yo los demoro con mis cuentos.» «Y no era una vieja cualquiera. Era una terrorista.» «Podía haberle volado el aparato recreativo con una bomba.» «¡Procreativo, Godzila! ¡Aparato procreativo!». «Para ti será procreativo, porque eres coprófilo, apestódico y rumano. Para mí es recreativo.» «Ese, mi Césare. No sea tímido y cuente sus hazañas.» «No voy a contar nada. Esto pasó en Argentina hace unos años, cuando hacíamos la guerra sucia contra los subversivos…»

A tres mesas de distancia, Mariana y el Negro no perdían palabra de la conversación. Lo mismo pasaba a una mesa y a dos y a cuatro, sin embargo, tal parecía que la escucha realizada en la mesa tres tuviera una densidad distinta, como podría pasar, por ejemplo, si los sujetos en cuestión fueran argentinos, o mejor aún, argentinos relacionados con la guerra sucia.

—Que diz qu'era tan sucia porque nadie se bañaba.

—No mames, Orejón, era sucia porque el comunismo es sucio y nomás ha querido quitarle a uno lo suyo y dárselo a esos pendejos pobres que son tan pendejos que siempre han sido pobres, además de que en sus malvados designios esos hijos de la desgracia no han vacilado en arrastrar por el barro la bandera de la patria.

—Cuenta de la terrorista, cabrón. ¿Es cierto que tienen un perrito adentro que te muerde la treinta-treinta y no te deja terminar si ellas no quieren?

—Conmigo ese perrito se comería una bazooka. ¡Pobre animal! Lo internarían con una indigestión encabronada.

—Era una yegua más alta que yo y estaba como quería. ¿De dónde sacas esa babosada del perrito?

—No sé, me dijeron. ¿No es cierto?

—No es cierto, buey. Una terrorista es igual a tu vieja, aunque se parecen más a las arañas, porque sólo quieren matar y coger.

—Mi vieja quiere coger cuando hay luna llena y se convierte en mujer loba. El resto del mes quiere matarme. Se la voy a mandar a los palestinos para sus misiones suicidas.

—Para mí las terroristas son como las amazonas: brujas desprovistas de sentimientos que lujuriosamente esclavizan a los hombres para consumar sus designios de dominar el mundo.

—Verás, Muerto, lo del perrito no es del todo falso, ni lo de las arañas y las amazonas. Como cabronas, las subversivas son lo más cabrón que se conoce, pero tampoco son tan distintas. Se ha comprobado que ante la electricidad reaccionan como una señora de su casa, y también pueden casarse y tener hijos. Eso las hace más peligrosas todavía, porque tú las ves por la calle y se ven como cualquier mujer...

—¡Es él!

—Tranquila, mujer.

—¡Es increíble! ¡Imposible! ¡No lo puedo creer! ¡Es él!

«Me le fui arrimando en el camión hasta respirarle en la oreja. Si te quedás quieta no te va a pasar nada, le dije.» «¿Cuál quedás, Césare?, hablas como futbolista argentino.» «Soy argentino, boludo.» «¿Cuál boludo, Césare?, ¿todavía no aprendes el español?»

—¡Voy a ponerle el plato de sombrero y a patearle la cara! ¡Voy a clavarle el tenedor en los ojos!

—¡Esa, mi viuda negra amazónica! Hablás como ellos, Marimar. No te alteres. Ese tipo debe ser otro.

—¡Es él! ¡Le voy a partir una silla en la cabeza! ¡Voy a escupirlo y a castrarlo!

—En primer lugar, estamos en México, legalmente no somos ni exiliados y debemos portarnos bien; en segundo, esos cuatro son por lo menos policías judiciales y difícilmente nos convenga tener problemas con ellos; y en tercero, Marimar, ¿por qué mejor no comentamos lo del perrito?

La mujer lo miró con ganas de llorar, de pegarle a él, de matar al monstruo obstinado en no soltarla, y el Negro admitió la necesidad de no excederse.

—Disculpame, Mariana. Soy muy bestia. Pero ahora calmate, por favor.

«Tenía una de esas faldas con botones por atrás y le desabroché dos; yo llevaba un impermeable ancho, que me tapaba a los costados; apoyé carne contra carne y le dije: si preferís la máquina, avisame, si no quedate piola, dejame hacer y después te vas tranquila...»

—¡Vámonos, Negro! ¡No lo puedo soportar!

—Está bien. Nos vamos.

El Negro miró la cuenta, le hizo señas a un camarero, dejó dinero sobre la mesa y la pareja marchó hacia la salida.

«Le bajé el calzón y entré tumbando la puerta. Íbamos traqueteando por una calle empedrada y el trabajo se hizo solo. Fue el mejor polvo de mi vida.»

—. . . . . . .

—. . . . . . .

—¿No estarás viendo mucho cine porno, Césare?

—Mira, yo ni quería contar la historia. Tú me conocés y me has visto actuar con las viejas. No necesito inventar cuentos falsos. ¡No te imaginás qué polvo! Estuve acabando dos cuadras…

En ese momento se disparó el drama. Girando sobre su furia, Mariana decidió regresar desde la puerta, colocarse frente a Césare y ofrecerle una sonrisa burlona. Ardua encomienda del cerebro a un cuerpo que, si bien visto por fuera conservaba sus armónicas formas, por dentro permitiría una pintura titulada «Estación Central de los Nervios Chirriantes». El estado de ánimo de la mujer se veía óptimo para embestir aullando, de manera que transformar esas sensaciones en máscara irónica le provocó un dolor en las mandíbulas casi indisimulable, controlado apenas por la fuerza de su determinación.

La acción de Mariana sorprendió a todos. El Negro se vio obligado a correr para juntarse a su compañera. Por su parte, el individuo llamado Césare y Malacara por sus amigos, elaboró un semblante de total estupefacción combinado con erráticas sospechas. Turbios oleajes de revelación y rechazo, comprobación y negación, pusieron a danzar los músculos de su rostro. Claros indicadores de un trabajo de preparto intelectual, tal vez traducible en los siguientes términos: «No estoy seguro de ver lo que veo; en caso de verlo, no estoy seguro de que sea lo que creo; si lo es, no sé qué me conviene hacer. Únicamente sé que esta mujer es aquélla, y sé que debo matarla ahora mismo, cortarla en mil pedazos, desaparecerla de la tierra para que deje de mirarme así».

Mientras Mariana manoteaba la botella de tequila, el

Negro arrebató de la mesa una de las cuadradas bolsas negras. El botellazo contra la cabeza de Césare reprodujo el crujido de un melón estrellado contra el piso. Cuando los dueños de la mesa buscaron sus bolsas, el Negro les apuntaba con la pistola de uno de ellos.

—¡Quietos o los mato!

Las manos de los dueños de la mesa obedecieron; sus ojos se confrontaron con el intruso y le avisaron del peligro.

«Esta gente está familiarizada con guerras de bandas, emboscadas y masacres —pensó el Negro—. Debo sacarlos de esos argumentos. Y debo hacerlo ya, antes de que el miedo a morir los obligue a atacarme.»

—Tranquilos. No pasa nada. Ya nos vamos. No hay bronca con ustedes. Todo el problema es con este buey. Tranquilos. Voy a llevarme los fierros. Ya nos vamos.

Mariana y su víctima permanecían inmóviles. Una tomando conciencia de sus actos; el otro metido en una niebla espesa, vestido con un impermeable azul, subiéndose al colectivo 59 en Cabildo y Juramento, detrás de la rubia escultural, que era una terrorista y estaba como quería.

Seis ojos luchaban contra dos, otros dos permanecían noqueados, y los ojos de Mariana hablaban de un diálogo con el cerebro —jefe de la operación punitiva ejecutada en La Cigarra—, mostrando férrea disciplina ante la orden recibida: «Adelante. Esto recién empieza». Finalmente, treinta ojos convocados en condición de testigos, no perdían detalle de la escena.

La mano izquierda del Negro buscó las bolsas negras sobre la mesa; la de Mariana encontró un cuenco lleno de chiles habaneros en escabeche y lo volcó sobre la cabeza del desmayado. Los chiles bajaron a la cara de Césare y sus perfumes, por caminos de las pituitarias agredidas, lo sacaron del colectivo bonaerense devolviéndolo a La Cigarra. El segundo botellazo lo recibió en la nariz. Césare alcanzó a gemir: «Mamá»; mojó sus pantalones; luego hundió la cara en la rubia melena subversiva y apretó su cuerpo contra las tibias carnes que lo protegerían de todo mal.

—¡Vámonos, tarada! —el Negro arrastró de un brazo a la mujer hacia la calle. Atravesó una escenografía de museo de cera donde inmóviles criaturas representaban un cuadro titulable: «Conducta Habitual (y aconsejable) de habitantes de una ciudad violenta cuando les toca estar en el corazón de la violencia».

Los tres compañeros de Césare visiblemente hubieran querido hacer picadillo a quienes osaban agredir a uno de la banda y desarmar a los cuatro, pero más visiblemente aún se interesaban en seguir vivos, razón por la cual no intentaron impedir la retirada de la pareja.

Dueño de cuatro armas cortas y dos juegos de esposas él, dueña ella de la venganza, Mariana y el Negro se metieron en un taxi, recorrieron diez cuadras y pasaron a otro. Al bajar caminaron doscientos metros y, sin dejar de mirar atrás y a los costados, entraron en su departamento y cerraron la puerta con llave. Mariana se echó a llorar sobre la cama, el Negro preparó un mate y verificó que faltaba más de una hora para retirar al Chato de su *muy mayor* primer grado de primaria.

Con otros

Algo que apasiona a quienes se han apoderado del mundo es controlar al prójimo. Saber si va de casa al trabajo y del trabajo a casa, o si por el contrario, acostumbra demorarse en las cantinas con impresentables acompañantes que critican a las autoridades y se burlan de la democracia made in usa, es fórmula insustituible para mejorar el conocimiento del vecino. Cómo viste el sujeto, qué periódicos lee, cuáles son sus actividades domingueras, cuál su perfil de consumidor y cuáles las palabras salidas de su boca cuando está ebrio, dormido o en ejercicio del derecho al pataleo propio de su constitucional ciudadanía... En fin, de qué va y a qué le tira. Todo ello puesto al servicio de responder dos preguntas prácticas: en qué anda hoy el susodicho y qué puede esperarse de él mañana.

Veamos mi caso. Apenas asomé por este barrio, escuché decir «¡Es varón! ¡La felicito!» y eché mi primer aullido de protesta (entiéndase que me tenían colgado de los pies y acababan de golpearme por la espalda), alguien aprovechó mi momentánea incapacidad para infligir nombre del abuelo y apellido paterno en mi partida de nacimiento. Poco meditadas acciones a partir de las cuales mi abuelo me decretó calidad de nieto favorito, mientras yo decretaba sepultar bajo montañas de silencio el detestable nombre Aurelio, y los graciosos de mi pueblo —eran legión los graciosos en mi pueblo—, no perdieron oportunidad de investigar si en mi casa había una cama donde dormían once.

En la escuela tuve libreta de calificaciones, en otra libreta registraron mis vacunas y en otra el dinero ahorrado en forma de timbres postales. Con el tiempo dispuse de carnet del Club Social y Deportivo General Viamonte, cédula de identidad, libreta de enrolamiento, libreta universitaria, cartilla militar, carnet de periodista, documento nacional de identidad. Dispongo de fecha de cumpleaños, domicilios múltiples, datos verdaderos, falsos y dudosos, signo del Zodíaco, fotografías y radiografías, prontuario, mancha de nacimiento, ficha dental, día de mi santo. Me registraron cuando contraje matrimonio, cuando abrí una cuenta bancaria, al votar, al trabajar, cuando tuve un coche, en Hacienda, en aportes jubilatorios, tarjetas de crédito, seguro social. Fui anotado como hijo, marido, padre, propietario, deudor. Ingresé en nómina de presos políticos procesados por la justicia militar, en una lista de amnistiados y liberados por los poderes del Estado, y al día siguiente en otra lista de buscados por izquierda... Imagínense que uno llegue y diga: no tengo documentos. ¡Para morirse de risa! ¿Y el Hermano Mayor qué hizo? ¿Acaso es usted de este planeta?... Pues bien, yo no tengo documentos.

Como decía el descuartizador: vamos por partes. Documentos tengo. Únicamente me faltan los que necesito: la fórmula migratoria mexicana y el pasaporte argentino, expedidos ambos por legítimas autoridades.

Sabido es que a una pareja como la nuestra, más que sospechada de actividades contra un austral régimen de facto, no le ha convenido nunca presentarse a solicitar pasaportes en el Departamento Central de Policía ni en otra oficina parecida. Por eso fue que Mariana y yo partimos sin apagar (ni pagar) la luz y nos enfrentamos en tierra extraña con un mafioso de apellido portugués y rostro impenetrable, quien sin dejar de sonreír ni de ser untuoso un solo momento, con una mano nos ofreció pulcros documentos y con la otra se apropió de nuestros dólares.

Más tarde viajamos, cruzamos fronteras, comprobamos la eficacia de nuestra documentación, nos acostumbramos a ella.

Así las cosas, un día aterrizamos en México, por avatares provistos de lo suyo en materia de fatalismo, despojados de un proyecto de retorno militante que se fue marchitando hasta morir víctima de abundantes causas naturales, con pasaportes falsos y quinientos dólares en el bolsillo. Y en México, porque en algún lugar debía ocurrir, y porque más que el lugar donde estábamos importaba el gris cuartel que asolaba nuestra tierra, decidimos dejar la clandestinidad y asumir las vicisitudes de una vida legal.

—En realidad yo soy otro y yo me llamo Mariana —decimos, entre rimbaudianos y espantados por el paso dado hacia el inquietante mundo de las instituciones y registros.

El impávido funcionario de Migraciones se rasca una oreja.

—Y ahora que estamos aquí y México país de asilo y

nuestro respeto y agradecimiento y tachín tachán y etcétera y además…' —a dos voces recitamos la letanía del indocumentado que mendiga su baldosa en el valle de la muerte.

—Ya veremos —inescrutabiliza el funcionario y nos encarga cumplir dieciocho trámites nuevos, estatales testimonios de las dificultades inherentes a la cuestión planteada.

Ésa es la madre de todos los motivos que nos han llevado a mejorar la experiencia de Kafka en materia de burocracias, y nos han arrastrado a la perversidad de aficionarnos a tareas de extranjería tales como rellenar kilos de formularios, sacarles copias, hacerlos sellar e ingresarlos en Oficialía de Partes del Departamento de No Inmigrados de la Secretaría de Gobernación del Poder Ejecutivo de los Estados Unidos Mexicanos…. Honorable institución donde a menudo desayunamos bocadillos cuando nos citan a las siete de la mañana, o bien hacemos lo mismo y le llamamos comer o merendar si los horarios exigidos son otros —la experiencia nos ha enseñado a cargar provisiones en nuestras bolsas y carteras antes de perdernos en los pasillos de «Goberna», que así le decimos (a la honorable) de cariño—… Hábitat en cuyas bancas hemos descabezado más de un sueño, apretados entre los afilados codos de un sueco y los mullidos hombros de una dominicana. (Un sueño recurrente me persigue: Despierto en un banco de Gobernación y veo entrar por la ventana las esquivas mariposas de mi pueblo seguidas por una bandada de voladores FM3. Intento capturar uno, sin lograrlo. Son demasiado ágiles y eluden con facilidad mis manotazos. De la ansiedad paso a la desesperación. Manoteo hasta agotarme. Despierto de verdad y encuentro la mirada furiosa de la dominicana…) Cuatrocientas paredes a cuyo amparo, con lluvias torrenciales o soles asesinos, envueltos en ozono, plomo y otras sustancias que mañana serán noticia a propósito de mutaciones genéticas en este valle de sobrevivientes, nos administramos medicamentos contra la gripe, la ciática, la fiebre del heno, el mal del legionario y otras dolencias vinculadas al agudo estrés y la abundante espera, y amablemente departimos con funcionarios del lugar acerca de los innumerables déficits prima facie detectables en los trámites iniciados y sobre nuestras prácticamente nulas posibilidades de alcanzar clemencia en las instancias pertinentes... Magno recinto, en fin, al que hemos llegado a considerar como nuestra segunda casa en esta ciudad de palacios y de ruido y de formularios que deben llenarse, fotocopiarse e ingresarse en ventanilla, y de policías judiciales y de asilos y de además y etcétera y tachín tachán.

Frágil estado de cosas que —pese al robusto avance de mis apuntes para una novela familiar—, conspira contra el proyecto de abordar asuntos literarios, de frotar entornos e interiores para lograr la chispa capaz de encender un breve fuego en lo profundo de la selva urbana.

Todo lo cual intenta convertirme en uno más de esos novelistas sin novela, cineastas sin película, poetas de tres versos. En miembro, quizá también registrado y provisto del carnet correspondiente, de esa fauna eternamente avecindada a mesas de cócteles y fotógrafos de presentaciones, muy dedicada (ella) a comer y beber gratis y recitarle a quien se deje simbolismos de sus personajes, pétreos capítulos de novelones experimentales, engendros seudoeróticos menos interesados en exprimir una idea que en atravesar maquillajes y ropa interior de sensibles lectoras menores de veinte años.

Dedicada también (dicha fauna) a consumir energías de los oyentes y torturar al personal con la descripción de las maravillosas características del contrato a firmarse el próximo martes con una compañía televisiva de Beverly Hills, el guión que preparan para Scorsese y los ofrecimientos que estudian de Gallimard.

El viaje de Lombroso

La pérdida de Cobra, Halcón y Tigre, con sarcasmo propuso para Césare un «día del animal» contra el que iba completa la cacería. Sólo el fugitivo Puma faltaba para completar la redada. Brillos salvajes cruzaban por sus ojos; los plegables belfos exponían colmillos a la vista; en tensión, sus músculos se veían prestos al combate. Único sobreviviente del grupo, buscado por Ezcurra para cerrar un círculo de silencio, de manera que la historia del secuestro de Beta, la muerte «en operaciones» del capitán y la corrupción de los malos elementos de su equipo no tuviera más cronistas que Silva, ninguna versión distinta a la de Jova, Césare D'Amato, Puma, Lombroso, había quedado más aislado que un militar democrático.

Tal situación le parecía fruto de un tremendo error y de una injusticia todavía más grande, porque cualquiera podía equivocarse pero ello no justificaba el olvido de quién era uno, quiénes sus compañeros y en qué bando peleaba. Césare conocía más de tres operativos involucrados en «hechos» por la libre a quienes nunca les pasó nada. Más de seis conocía. Sin mencionar los mandos que transformaron el combate al enemigo apátrida en el mejor negocio de su vida. El caso suyo, entonces, ni debía dramatizarse ni era para tanto. No entraba en su cabeza que después de jugarse la piel tantas veces por la causa le tocara esconderse de su propia gente.

«Cuando venga la tercera guerra mundial todos los ejércitos me van a buscar a mí para matarme», pensó, con la amarga satisfacción de que el récord de la mala suerte no se lo quitaba nadie.

Césare volvió a Buenos Aires, quizá los dientes del lobo pero también su lugar, el que mejor conocía. Una ciudad para caminarla como alertado felino y perder su rostro en la muchedumbre. Apenas pisó Constitución telefoneó al negocio del tío. Si alguna fidelidad cabía esperar, pensó, mejor buscarla en la familia. Una voz seca, hablándole como si hablara de las pinturas y barnices comercializados por su pariente, le dijo que «A Giovanni D'Amato se lo llevaron».

—¡No es posible! ¡¿Quién se lo llevó?!

—¡Quién!… ¿Si no lo sabe usted?…

—Pero…

—Adiós. Ya no llame.

Anduvo por las orillas de la ciudad, moviéndose constantemente. Un sistema de caminata y descanso lo condujo a circular de plaza en plaza, y a refugiarse en los bancos más alejados de la calle. De a ratos se otorgaba el lujo de un café, pedía pan y manteca o un sandwich de mortadela, gratificaba su estómago con bebida caliente y visitaba el baño. Cuando vio su fotografía en el diario salió de Buenos Aires y entró en Avellaneda.

Enfermo de frío bajo un puente, hostilizado por cirujas cuya antigüedad en el lugar era esgrimida como una escritura inapelable, mantenido a distancia por la furia de dos perros al servicio de los cirujas, Césare vivió las penurias de los condenados de la tierra y viejas pesadillas le regresaron un cuerpo que temblaba al oír sirenas policiales. Cargada de pena y malevolencia, una idea visitó su cabeza, él había sido como esos perros: el forro que laburaba por un hueso. Con la diferencia de que para él no hubo ni siquiera hueso y de que sus dueños lo corrieron a patadas. El mundo estaba podrido; no se podía creer en nadie.

Recordó a un amigo residente en Mendoza, y seguro de la bondad de cualquier lugar comparado con esa capital de la masacre por donde ambulaba, salió a la ruta. Como un hippie, como un mugroso mochilero, al borde del camino, henchido de compasión por sí mismo, el proscrito Césare D'Amato alzó el pulgar y suplicó a las bestias metálicas que detuvieran su andar y lo llevaran. Escondiéndose cuando veía camiones militares, dando rodeos para eludir controles de documentos y vehículos, con un aspecto que empeoraba diariamente y no tranquilizaría al conductor de ningún medio de transporte, hizo «dedo» dos semanas antes de pisar «La tierra del sol y del buen vino».

Sin un peso, en un camión cargado de cemento, Césare entró en la ciudad de Mendoza. Allí comprobó que la manía provinciana de imitar a la capital no reconocía límites. Aires de guerra corrían por las calles. Aunque Mendoza permanecía prácticamente intocada por la subversión, la ciudad estaba ocupada por patrulleros policiales y camiones militares. En una esquina vio bolsas de arena dispuestas en forma de trinchera. Caminó veinte cuadras, mendigando con ferocidad, juntando puchos del piso, buscando comida en botes de

basura. Y, luego de ser dejado en la vereda por una espanta-
da mendocina con el sólido argumento de «Mi marido vuelve a las ocho», y al cabo de esperar tres horas en el suelo, re-
frescado su cansancio al borde de una acequia, cambiándose
de lugar ante la presencia de uniformados o civiles que lo mi-
raban con ganas de patearlo, el amigo llegó y Césare puso fin
a su via crucis.

Pasó cuatro semanas en una finca de Guaymallén, con
el grado de peón en los viñedos, temeroso de ser descubierto
primero, rencoroso después, cuando las semanas pasaron sin
novedad y pudo cambiar sus prioridades. Al sentirse seguro,
Césare desechó el miedo y desarrolló un odio vigoroso contra
cada persona involucrada en su desgracia. En su lista negra
revistaban los falsos compañeros del Batallón 601, traidores
que lo negaron como a Cristo; Jova, un loco programado
para el reviente, que ni conocía el significado de la palabra
amistad; el tío Giovanni, cobarde entregador de su propia familia; la tarada de la abuela y su capacidad para bocinearlo
todo; el tarado de Cobra que los mandó al muere por una calentura; la venenosa Cobra hembra, prostituida sobre media
res, delatora de su legítimo esposo; el carnicero de Wilde,
tentado por la serpiente, quien envió un pelotón extermina-
dor contra el cornudo y su compañero; la terrorista del colectivo 59; el industrial Beta; los operativos de El Tigre disfrazados de maricones; el capitán con su egoísmo, que nunca
les dio chance, obligándolos a operar por su cuenta; los
generales y sus impecables uniformes… Quién sabe si algunos más, seguramente también otros sujetos… Al fin de cada
jornada, con las manos partidas por un trabajo inhumano,
asombrado de que juntar uvas cansara más que reventar apá-

tridas, rodeado por el bullicio animal de la noche campesina, Césare rumiaba planes de venganza. No tuvo tiempo de intentarlos porque su amigo —un gendarme, compañero de viejas piraterías—, le consiguió documentos buenos para cruzar a Chile, dinero para viajar a México y contactos que apoyarían su inserción en una nueva tierra.

En México, Césare se ligó a elementos de la Policía Judicial. Pese a no figurar en nóminas, su condición tampoco era de simple «madrina», sino la de un activo militante en estadios intermedios entre la institucionalidad y el cuatismo. «Hacemos la lucha juntos. Te pasamos una lana. Ya luego podremos colocarte.» Ambiguas formas conocidas por Césare, que tanto reproducían su sentido de pertenencia a un grupo cuanto su carácter de arrimado. Todo transitorio y para ir tirando. Parecido a revistar como civil en equipos militares argentinos. Variaciones sobre el orgullo y la humillación. Un cuadro operativo especial, eso era Césare D'Amato. Dotado de una remuneración garantizada, cosa fácil de conseguir en el ambiente, y de participación en beneficios adicionales, frecuentes en profesión tan lucrativa.

Integraba un equipo de cuatro operativos al mando de un comandante de la Judicial cuando tuvo su segundo encuentro con Mariana. Sus compañeros eran el Muerto, Orejón y Godzila. En cuanto a él, huellas de su matrimonio con la desventura y costumbres de bailar con la más fea, condicionaron su apodo: Malacara.

Fuera de circulación por una semana, instalado en un cuarto de Centro Médico, Césare no fue incluido en la ope-

ración programada por el jefe contra unos granaderos del
DF, reos de haber apañado a la mala a dos compañeros, y se
vio obligado a negociar con el Muerto —hoy por ti, mañana
por mí, más dos mil pesos de viáticos para chelas y movimientos de cinco días— la continuidad de los seguimientos
en que trabajaba.

Con otros

Un día nos enteramos de que nos busca el inspector Cadena. El nombre carga tanta obviedad que resulta cómico. A nosotros no nos resulta cómico. Llevamos meses de vivir en pasillos de gobernación, en antesalas de ACNUR, de visitar funcionarios, abogados, defensores de derechos humanos, tras la Fórmula Migratoria 3, el perdón y la bendición del Estado mexicano. Y cuando ya vamos bien encaminados, o al menos parece que por cansancio y aburrimiento optarán por darnos nuestro emblema de legalidad, somos informados de la existencia del inspector Cadena y de su interés por encontrarnos.

Nuestro pecado no es pequeño: entramos a México por puertas ilegales, violamos la seguridad, demostramos que era vulnerable, ofendimos en su dignísima eficacia a los encargados de cuidarla.

Por el contrario, nuestra disciplina posterior y adhesión a las leyes locales se demuestra irreprochable.

El ambiente luce enrarecido. Los chistes de argentinos indican niveles sectoriales de saturación y rechazo. Para abundar en complicaciones, un grupo de ex compañeros fue presentado en rueda de presos, televisada y profusamente

difundida por la prensa, como presuntos culpables de un secuestro. Bocado de cardenal para la derecha y el sensaciona-
lismo. Los argentinos en primera plana. Ni fútbol ni tango.
Secuestro. Y entonces, justo entonces, sale a buscarnos el inspector Cadena.

La portera me avisa, con su modo reservado para referirse a funcionarios:

—Señor Negro, vino a buscarlo el inspector Cadena.

El contacto-con-el-gobierno no le cabe en la boca. Puede olerse el sumo respeto en la voz, auscultarse la reverencia
enroscada en sus cuerdas vocales. El razonamiento de la mujer es rastreable: *Si Cadena es inspector, es importante; luego,
si el Negro es amigo de Cadena, quizá no sea tan insignificante
como es. A pesar de que camine a pie, compre el pan con sus
propias manos y se dedique al insensato oficio de escribir…
quién sabe. Tal vez lo he juzgado mal y convenga rectificar,
mostrarle alguna consideración.*

—Cadena… ¿Qué Cadena?

Es mi forma de estropear el momento mágico. La portera cambia de un golpe sus brillos oculares hacia la dirección
adecuada. Otra complicada operación cerebral se desenvuel-
ve ante mis ojos: *Si el Negro no conoce al inspector, no es importante. Yo tenía razón. Es más, no sólo recupera su falta de
importancia sino que gana en aspectos sospechables, porque si
el inspector Cadena no es su amigo pero lo busca, ¿para qué lo
busca? Seguramente para meterlo preso y deportarlo a su pinche país.* Pensamientos que, la verdad sea dicha, se parecen a
los míos.

—¿¡Qué inspector Cadena!? ¿Usted no lo sabe?

—Yo no. ¿Y usted?

—¿Cómo voy a saberlo?

—Sólo Dios y la portera saben todo.

—Usted siempre con sus historias.

—¿Dejó recado?

—Dejó esto.

Me entrega un sobre con mi nombre escrito al frente y se queda esperando que lo abra y comparta con ella su contenido. Una de las esquinas del sobre, por detrás, en el cierre engomado, está levantada y el papel ha empezado a romperse, inequívoca señal de que alguien intentó violarlo y se detuvo al verificar la imposibilidad de hacerlo sin graves estropicios. Dedico a la mujer mi sonrisa de imposible intento de encantar porteras, agradezco y salgo de su control.

Es una citación en forma. Al parecer, existen en nuestras declaraciones aspectos de forma y cuestiones de fondo que ameritan una entrevista aclaratoria. La oficina de «Contralor y Pesquisas para Casos Especiales» nos invita «Atentamente» a presentarnos este jueves 4 (era miércoles 3 cuando leí la nota) a las 12 AM, a efectos de considerar situaciones vinculadas a nuestra permanencia en el país.

La portera, el inspector Cadena, el secretario general de las Naciones Unidas… Tres años de sudaquería nos han familiarizado con ciertos discursos… *Los extranjeros acogidos a leyes de los constantemente amenazados Estados son proclives a incurrir en múltiples actividades perniciosas, frente a las cuales el Estado debe protegerse, actuar con mano firme. Demasiado lle-*

no está el planeta de vagabundos que van de país en país sin dinero ni documentación, disputando empleos a los nacionales, negándose a pagar impuestos, creando ghettos politizados, cantando sus propios himnos, contaminando las razas... Ahí está el caso de Aurelio Diez, quien en vez de quedarse tranquilamente en Valladolid, aplicado al cultivo de la tierra y al consumo de anises en la taberna del barrio, cruzó el océano, aterrizó en pampas bárbaras, descreyó de instituciones oficiales y partidos políticos, se dedicó a fumar y a morirse de aburrimiento, heredó el nombre a su nieto y después el nieto... Y un Estado no puede permitir, debe custodiar su seguridad, actuar con mano firme... El secretario general de las Naciones Unidas, la portera, el inspector Cadena...

Quien aspire a privarse de los amores de una dama puede asustarla, conflictuarla, decirle mamasuchi a la vecina, emborracharse y vomitar sobre los sillones de la sala, mear fuera de la taza del baño, en fin, hay muchos trucos. La experiencia sugirió dejar para el día siguiente la tarea de compartir con Mariana los cambios en nuestra situación operativa. Tal vez podría convencerla de reemplazarme en la entrevista con el inspector Cadena.

¿Por qué las mujeres piensan que su aspecto intervendrá activamente para orientar el resultado de sus actos hacia una dirección y no hacia otra?... ¿Por qué confían ante todo en sus encantos y en su capacidad de seducción?... Probablemente porque la realidad les ha demostrado que así son las cosas y que ni vale la pena buscar por otro lado. Tales deben ser los motivos que impulsan a Mariana a maquillarse como para un concurso de belleza, en vez de presentarse severamente expuesta a la inquisición del inspector Cadena. Juntos hemos aceptado la conveniencia de que vaya ella, dotada de mejor currículum, si acaso se ofrece hablar sobre el pasado. Y claro, también tiene mejor aspecto.

Trabajos de Mariana

El inspector Cadena derrama un estudiado sermón sobre las inquietudes de Mariana. Legalidad, seguridad, control, son sacramentos a los que nacionales, con mayor razón extranjeros aposentados en México, deben acceder con la humildad de quien ingresa en un santuario.

Quizá es la susceptibilidad de Mariana, poco afín a estimar la importancia de inspectores y cadenas, o tal vez se trate de uno de esos juicios —con licencia del lenguaje— llamados objetivos, lo cierto es que Cadena impresiona como gordo taquero y cervecero, de grasas adornadas con todo el oro puesto a su alcance por una vida «dentro del presupuesto». Cortés y zalamero, en tres minutos el discurseante menciona que «Una belleza como usted nos honra pisando nuestro suelo» y que «No es bueno que una mujer hermosa pase tantas incomodidades».

Temor y pragmatismo disputan territorios en todas las terminales nerviosas femeninas, discuten en febriles juntas dónde deben tomarse decisiones. Mariana puede mostrarse halagada discretamente, seducir con distancia y mantener la entrevista con viento a su favor, o puede dar rienda suelta a su espontaneidad y poner al gordo en su lugar. Lo malo es que «su» lugar, el lugar del inspector Cadena, es el del privilegio y el poder. Mientras escucha: «Me gustaría ayudarla, créame, quiero hacerlo», Mariana saca un cigarro, sin poder evitar el movimiento con que Cadena desenfunda el encendedor más veloz de la burocracia para darle fuego. «Queremos ser amigos de quienes pisan nuestras playas» desvaría el gordo. «Deseamos estrechar lazos» y la mira con turbios ojos licantrópicos.

—Bueno, y ¿qué podemos hacer nosotros?

—Portarse bien, eso es todo. Ser agradecidos.

Imposible evitar que las palabras, quizá simples palabras, probablemente más que simples palabras, se carguen de viscosidad en los labios marrones de ese hombre que la invita con café o refrescos en una oficina de regulares confort e imponencia. Mariana ya sabe valuar el nivel de los funcionarios de acuerdo con los despachos donde atienden. El del inspector no está muy arriba pero tampoco abajo. Un burócrata medio.

—Debo preparar su caso —dice Cadena—. Necesitaré estar cerca suyo para conocer bien su historia. Y para demostrarle que no somos tan malos, me gustaría hablar con usted en un lugar distinto a esta pesada oficina. Podríamos, por ejemplo, desayunar o comer mañana. Hoy mismo yo me ocupo de su asunto y para mañana espero tenerle muy buenas noticias.

—No, no puedo desayunar mañana —aclara Mariana con ojos duros, segura ya de que Cadena es un gordo chantajista, acostumbrado a aprovecharse de mujeres «en» problemas.

—¿Comemos, entonces?

—Mire, inspector, mis trámites los realizaré en las oficinas correspondientes, pero no voy a comer con nadie ni haré nada distinto a exponer mi caso y el de mi familia. Esto debe quedar perfectamente claro.

Negras nubes agitan los abolsados ojos de Cadena.

—Quizá prefiera asilarse en Guatemala.

—No, prefiero asilarme aquí.

—Pues aquí, mi querida güerita, las cosas se hacen como decimos nosotros.

—No soy su querida güerita y ya me voy.

Mariana se levanta bruscamente y enfila hacia la puerta, pero un resto de agilidad paquidérmica permite a Cadena adelantarse, apoyarse contra la puerta, sonreír.

—Bueno, bueno. No se ofenda. Lo decía como una amabilidad. Inofensivamente. Es todo. Venga, siéntese —y estira una mano cuadrada hacia el brazo de Mariana.

Al borde del pánico, asomada a la furia, la bella retrocede.

—¡Déjeme salir!

—Mire, usted no entiende —Cadena aplica su eslabón intimidante—. Aquí pasa de todo. Hay extranjeros que consiguen papeles en un día; otros, con menos suerte, en veinticuatro horas se encuentran detrás de la frontera. Algunos desaparecen y no se sabe más de ellos, nadie sabe dónde están. Desaparecen. Muchos argentinos trabajan en la Universidad o se llenan de dinero con sus restaurantes. Pero es necesario colaborar. Y al que no colabora le va mal. Las reglas del juego las ponemos nosotros. Ayudamos a quienes nos caen bien. Y usted me caía bien pero ya está empezando a molestarme.

¿A poco no está dispuesta a ser simpática diez minutos para conseguir sus papeles? ¿Acaso piensa usted que yo debo matarme trabajando doce horas diarias y soportar cambios sexenales y auditorías y calumnias de la oposición, además de jefes con úlceras y oportunistas recién llegados que quieren mi puesto, por no hablar de la vieja regañona que tengo en la casa de usted?... ¿Eso cree?... ¿Usted simplemente viene acá, toda perfumadita y pintadita, y yo debo ayudarla por su linda cara y sus lindas carnitas?... No, güera, estás muy equivocada, yo te voy a ayudar pero primero te toca ser buena, portarte amable con tu servidor, ándale, no seas malita, qué te cuesta.

Es el momento en que el gordo manda una mano a inspeccionar las «lindas carnitas» de su visitante y también el momento en que Mariana le arroja el pesado cenicero de vidrio donde había dejado su cigarro, con tan mala puntería que en vez de impactar en la cabeza de Cadena destroza un jarrón verde ubicado a sus espaldas.

Cadena, la ira del inspector:

—¡Mi jarrón chino! ¡Ahora sí te llevó la chingada!

A la carrera, Mariana sale a un pasillo y sin esperar el elevador se echa seis pisos abajo por las escaleras, pensando en el artículo treinta y tres de la Constitución Mexicana —«Podrá ser expulsado del territorio nacional...»—, recordando que Argentina continúa bajo botas militares, conjeturando que los monederos de cuero la esperan en Madrid, convencida de que ahora sí se los lleva la chingada.

Recurrencias

—No llorés, Mariana —dijo el Negro—. Te prometo ir a partirle la cara a ese gordo inmundo. Le voy a dar tantas trompadas que le van a salir barriles de cerveza por las orejas… ¡Cómo que no puedo! Si él puede aprovecharse de su puesto para acosar a una mujer que necesita ayuda, y no nada más a una mujer sino a «mi» mujer, yo puedo, conforme con los más antiguos criterios de justicia, tomar la ley en mis manos y sacarle ojo por ojo y diente por diente. Está escrito en La Biblia, en el Código de Hammurabi, en el Martín Fierro, en un montón de tangos y corridos … No, no voy a ir preso. No envejeceré tras las rejas porque, sagaz y benévolo, apenas pienso administrarle una ración de golpes que le ayude a reconsiderar los deberes de un funcionario público y autocriticar su estilo de trabajo… Nadie nos va a correr del país, olvidate de Guatemala, iremos ahí cuando tengamos ganas de visitar a la serpiente emplumada. Disponemos del humano derecho a instalarnos donde nos dé la gana.

—¡De qué estás hablando, Negro! ¡Ni siquiera nos podemos quedar en esta pieza! El casero nos echa del departamento y Cadena nos va a expulsar del país.

Era cierto. Feo pero cierto. Con suerte se salvarían de Cadena, pero del casero no los salvaba nadie.

—El casero nos va a echar… si puede.

—Ocurre que sí puede.

El Negro recordó el juicio inquilinario. La demolición de un status contractual que a lo largo de doce meses no presentara síntomas de conflicto. Pagaban «tanto» por la renta del departamento de dos recámaras. Al vencer el contrato les pidieron «cuanto». Ofrecieron «tanto y un plus». No hubo arreglo. El dueño exigió la entrega de la vivienda. Se ampararon. Fueron a juicio. Perderlo era cuestión de días. Un trámite normal. De no ser por la palabra «lanzamiento» todo sería muy normal.

—No te preocupes —dijo el Negro. Palabras útiles cuando no se puede decirle algo mejor a una mujer que, dadas sus buenas relaciones con el pesimismo, a menudo suele predecir el porvenir.

—Cadena conoce esta dirección. Debemos irnos de aquí; escondernos y pedir ayuda al ACNUR.

—Te cuento mi plan: primero, autocritico a golpes al gordo Cadena; segundo, ganamos el juicio inquilinario y nos quedamos acá pagando lo que ofrecimos; tercero, Cadena se asusta tanto que nos suplica aceptar el FM3; cuarto, termino mi novela sobre el amor y me convierto en autor best seller. Como verás, es un plan sólido y meditado. Se llama *Cuatro pasos en las nubes*.

—Eso: en las nubes. ¿Qué novela?

—Se llama *Mariana sale de casa*.

—¿Qué novela sobre cuál amor?

—Buena pregunta: ¿cuál amor?… ¿El dulce, el amargo,

el etéreo, el caníbal?… ¿El faro de la humanidad?… ¿La fatamorgana universal?… Elegí cualquier versión. Si te equivocás no pasa nada. Desde el Kamasutra hasta Corín Tellado, pasando por Freud y los amantes de Verona, todo lo dicho sobre el punto no pasa de balbuceantes aproximaciones a lo más trajinado e imperfecto que hemos hecho. Mi novela se va a llamar *Amor y otras intoxicaciones*.

Mariana parecía interesada en demostrar que una mirada vale por mil palabras.

—Verás, es cuestión de ofertas. Sin desdeñar juegos ni disfraces, yo haré la mía. Expondré una sencilla y rotunda tesis que elimina posibilidades de error, lo cual ocurre por la única razón posible: es tramposa. Diré que el amor son los amores y a ver quién puede refutarme. ¿Cuál amor? Ésa es la clave, Marianela. Abriré una lista de usos del amor que el interactivo lector debe ocuparse de completar. Si se requieren seis mil millones de lectores, no es mi problema. Cada uno hace lo suyo. Lo mío será repartir el juego, comenzar el registro. Cerca de la mitad de la mitad de la primera parte del camino, me detendré para un sorpresivo anuncio: «Damas y caballeros, el experimento ha terminado: los usos del amor son infinitos». Eso para empezar, luego, dialécticamente, plantearé limitaciones y oposiciones a dicho enunciado. Finalmente, con la oscuridad terrible y propia del guardián de una clave que no existe y debe ser buscada, admitiré que el amor ríe detrás de las grandes palabras, que al margen de hombres ratas y mujeres flamingos el amor es más fuerte que sus tópicos. Ya tengo la novela pensada; empieza en el avión que nos trae a México; aparecen personajes de la familia para dar entorno, background histórico-genético y aliento épico.

Apenas consiga un balcón adecuado me siento a escribirla. Si Saramago puede por qué no voy a poder yo. En serio te lo digo, Mariana. No te rías.

Ésas, o palabras parecidas, dijo el Negro, empujado por apremiantes, intolerables lágrimas. Aunque, ocupado como se hallaba en cumplir con las últimas secuelas del juicio inquilinario, demoró una semana en ocupar un taxi y estacionarse frente a la oficina de Cadena. Sin saber qué iba a hacer y obligado a hacer algo.

Lo irregular de la situación llevó al pasajero a excederse en explicaciones al taxista: «Mi vieja me engaña con un cabrón que saldrá por esa puerta. Quiero seguirlo y averiguar dónde vive. Voy a matarlos a los dos». El conductor le echó una profunda mirada, masculló algo ininteligible y decidió acompañarlo.

Los movimientos sospechosos pasan desapercibidos en ciertos ámbitos de la colonia Doctores. El barrio no se asombra con facilidad, y no obstante que buena parte de la población no se interesa por verlos en sus veredas, otra parte menos buena suele repartirse entre policías y ladrones. La simulación en la lucha por la vida es dominada (y delatada) por el encarnizamiento. La ferocidad pone letreros de «Aquí estoy», «¡Ojo conmigo!», en caras de las cuales podría prescindirse al menos durante los próximos cien años. Tal como ocurría, por ejemplo, con ese tipo de nariz emparchada, instalado en un Dodge decrépito, que fingía leer el diario mientras no quitaba sus ojos de la puerta vigilada por el Negro.

Diez minutos después de estacionarse en una mezcla de arteria urbana y tiradero de basura, fumando con el taxista y filosofando sobre el error de confiar desmedidamente en un animal de cabellos largos, el Negro verificó la presencia del sujeto instalado diez metros adelante, contra la vereda opuesta a la suya, que, mientras fingía leer un diario, miraba insistentemente la puerta por donde debía salir el inspector Cadena.

Nariz vendada y forma de la cabeza del segundo observador encendieron chispazos de alerta en las neuronas especializadas en detectar problemas del primero. Para confirmarlos o desecharlos, El Negro debía mejorar su información.

Ordenó al taxista dar una vuelta a la manzana. «Muy despacio y tirándonos bien a la derecha al arrancar.» Por reflejos defensivos o conspirativos, quizá llevado por la expectativa de aventuras que diariamente sale a la calle con todo taxista, el chofer se encasquetó hasta las orejas la cachucha y acercó a sus ojos los vidrios verde pálido de unos pesados anteojos. Por su parte, oculto en el fondo del coche y concentrado en el espionaje, el Negro confirmó sus aprensiones: el sujeto era el mismo a quien Mariana desbaratara de dos botellazos en La Cigarra, el de una lejana historia en un colectivo de Buenos Aires. Cumplido su recorrido, el taxi volvió a estacionarse cinco metros atrás del lugar de partida. En ese momento apareció Cadena.

—Esperaremos los movimientos del conductor del Dodge —ordenó el Negro—. Ese gordo que acaba de salir debe ser nuestro hombre. Vamos a ir tras él. Pero si el Dodge lo sigue, iremos tras los dos.

El taxista mostró una sonrisa elocuente.

—¡En qué desmadres andará usted, compañero! —dijo, y agregó—: Ya le veía yo poca cara de cornudo.

Nobleza obliga y el Negro mostró su propia sonrisa.

—Espero no equivocarme. El retrato hablado define al sujeto como un cerdo nauseabundo, con cara de mandilón corrupto y mirada de obseso sexual. ¿Usted cree que sea ése?

El taxista optó por la dialéctica:

—No, pus sí.

Un minuto después, el hombre que debía ser Cadena —la descripción de Mariana y su capacidad de observación debían coincidir en el objetivo, eso esperaba el observador—, montó en un coche manejado por un sujeto voluminosamente oscuro y, seguido por el Dodge y un taxi ecológico, buscó el eje central Lázaro Cárdenas.

—¿Entonces, no lo va a matar? —investigó el conductor.

—Hoy no. ¡Ojo con el Dodge! Ninguno de los dos debe enterarse de nuestra existencia.

—¿Usted madreó así al del Dodge?

—Yo no. Mi mujer.

—Es bastante especial su mujer, ¿no?

—No, pus sí.

Césare quería

Césare tenía apuro. Debía recuperar el tiempo perdido por culpa de la yegua judeo-comunista, a quien más pronto que tarde tendría el placer de entrevistar. Recordar a esa vieja le provocaba vértigos y dolores en la nuca. Quería destruirla centímetro por centímetro, arrancarle cada uña y cada uno de sus cabellos. Quería instalarla en el aullido y ahí dejarla para siempre. Quería quebrarla moralmente, hundirla en el barro, desesperarla. Quería verla implorante, arrastrándose, lamiendo la bota que no dejaría de patearla. Nada deseaba más que verla humilde, arrepentida, diciendo entre sollozos: «Perdón, Césare, por mi amor te lo pido. Voy a obedecerte siempre. Hacé conmigo lo que quieras». Quería morderla, machacarla entre sus mandíbulas, encontrar el gusto de su sangre, beber en sus venas hasta vaciarla, arrancarle pedazos con los dientes. Quería matarla con la boca. Y además, febrilmente, quería sus orgasmos. Antes de matarla, deseaba, necesitaba tenerla gozando para él. Hecha una loca, gimiendo y gritando entre cumbres de placer y abismos de terror. Los tratamientos que él se encargaría de prodigarle iban a mantener la esclavizada hermosa prostituida deliciosa carne judeo-comunista entre el delirio y el espanto. Totales ambos y ambos para él. De la hermosísima puta para él. Recordarla era como si le picanearan la sangre para provocarle una erección.

Dos tareas ocuparían esa tarde. Primero el gordo ese, que abusando de su puesto le transó un paquete de éxtasis a su comandante. El jefe estaba furioso, pensaba quebrarlo, pero antes debía recuperar las pastillas.

—¡Cien mil dólares hay ahí, Malacara! El veinte por ciento de ese dinero será para quién me devuelva lo mío. ¿cómo ves?

—Voy por él, mi comandante.

—Te doy chance porque confío en ti, Malacara. Lo hago por delante de mi propia gente. Pero no puedes fallarme. ¿Cómo harías?

—Déjeme ver los movimientos del sujeto, jefe. Le hago unos chequeos rápidos y luego lo levantamos con los muchachos. Le retiramos sus tarjetas bancarias. Uno de los elementos se las trae y los otros me ayudan a transportar al sujeto a una cueva donde procederemos a interrogarlo. Presionamos a la familia y recuperamos el paquete robado. De pilón y en carácter de rescate le sacamos hasta el último peso de la alcancía. ¿Cómo ve?

—No sé, Malacara. No está mal, pero la verdad, lo preferiría muerto. Ese buey me transó. ¡A mí! ¿Te das cuenta? Perdería autoridad si lo perdono. Déjame pensarlo.

—Ahí le va otra, jefe: cobramos el rescate y después lo quebramos, para que se le quite lo malagradecido y abusivo.

—Puede ser. Déjame pensar. Tú apúrale con los chequeos.

El jefe pensaba mucho, por eso le decían «El Intelectual».

La primera tarea de Césare —«¡Me urge, Malacara!»—, era seguir al gordo. Por Lázaro Cárdenas hasta Vizcaínas y por Vizcaínas hasta 5 de febrero, donde vivía. Más tarde debía buscar a ese periodista que parecía cansado de la vida. Como si le pagaran mucho por hacerlo, empeñado en publicar babosadas y echar malas ondas contra los judiciales. Y mañana, en cuanto pudiera, se ocuparía de la dueña de sus insomnios.

Puentes de la noche

Fueron por Lázaro Cárdenas hasta Vizcaínas, doblaron a la derecha y llegaron a 5 de febrero. Allí el coche seguido se detuvo frente a una casa de dos plantas, blanca y gris, con jardín al frente y garaje a un costado. El individuo al volante bajó y abrió el portón del garaje. El Dodge decrépito se detuvo cerca. El chofer entró el coche con el hombre gordo en el garaje. El taxi había estacionado más atrás, con la puerta abierta, y el pasajero pagaba su viaje. El garaje se cerró. Eran las ocho de una noche recién nacida. Hora de negociar con el taxista:

—Necesito que me eche la mano, don… ¿cómo se llama usted?

—Herminio García. Paro en el sitio de Parque México, y estamos para servirle.

—¿Cuánto cobraría por ayudarme a controlar al bato del Dodge y después seguirlo?

—¿Cuánto trae?

—Cien.

—Que sean doscientos.

—Cien y los tacos.

—Juega.

Dos varones, uno de Guerrero y otro de la pampa húmeda, se abocaron a llenar de humo el taxi mientras agotaban el tema de las nacionalidades. Aclarado que las mejores eran la mexicana y la argentina, a continuación la española, sumaron acuerdos sobre lo malo de juzgar a la gente por su lugar de nacimiento y lo pésimo de hacerlo basándose en su discurso, ya que individuos impresentables crecían y se desarrollaban en todas partes, aunque si se los dejaba hablar, todos deberían ser canonizados.

—Pinochet se considera buena gente.

—Videla lee la Biblia y asiste a misa diariamente.

—Judas cree que a él lo empaquetaron, porque si Cristo es Dios, y Dios lo puede todo, podría haber cambiado el libreto de los Evangelios y no «ponerlo» de traidor.

—Todos dicen: «La culpa es de los demás».

—Todos dicen: «los otros se equivocan».

—Así es, don. Usted y yo tenemos la justa.

—¡Abusado con el Dodge!

El Dodge empezó a moverse por el purgatorio del asfalto mexicano, donde con harta incomodidad se paga la comodidad de poseer un automóvil. Media hora después se detuvo frente a una vivienda ubicada junto a la esquina de Miguel Ángel y Víctor Hugo, en la colonia Moderna. El lugar mostraba poca gente a esa hora, ello desaconsejaba quedarse a realizar observaciones. El taxi siguió su marcha hasta doblar en la próxima esquina. Allí el Negro bajó. Acordó con don Herminio encontrarse en Víctor Hugo y Tlalpan y regresó a echar una mirada al lugar donde había entrado el monstruo que hizo llorar a Mariana.

Era un pequeño y modesto bloque de cemento con

unos metros de patio al frente. Al pasar, el Negro vio al monstruo por una ventana, sentado a una mesa, de espaldas a la calle, ocupado en masticar una torta frente a un televisor encendido.

Sin encontrar motivos para quedarse, el perseguidor caminó hasta Tlalpan aplicando un sistema de piloto automático —descansos que se toma la conciencia, a veces muy útiles para que a uno le partan la cabeza en una calle oscura—, seguro de la conveniencia de olvidar al hombre de Miguel Ángel y Víctor Hugo. Audacia y suerte ayudaron dos veces a Mariana, pero nadie garantizaba qué podría pasar en la tercera. Por lo visto en La Cigarra, el sujeto formaba parte de una banda armada. Narcos o policías o lo que fueran, sin duda, nada bueno. Lo mejor para él y para Mariana sería no verlo más. Eso harían. Quedaba pendiente la presencia del tipo detrás de Cadena. Un conflicto entre indeseables. Allá ellos.

Comió con su invitado en una taquería junto al metro Viaducto: tacos bien servidos, con cebollas y chiles y pimientos, tres de bistec, tres de suadero y tres al pastor para cada uno, acompañados por *Mirindas* de limón, ya que cerveza no se conseguía ni con la plata en la mano.

—No, maestro. Nos niegan el permiso. Tienen miedo de que la gente se emborrache, haga otra revolución y les queme la pinche ciudad.

Durante la cena el hombre de la pampa le confió al de Guerrero la síntesis de una trama iniciada en un colectivo de Buenos Aires, continuada en un comedor del DF, y, por obra y gracia de la casualidad o quién sabe si por distintas gracias o desgracias, empeñada en juntar a sus protagonistas en otro capítulo relacionado con un funcionario abusivo.

—¿Usted cree en la casualidad?

—Mire, joven. Dios los cría y ellos se juntan. Después uno los ve juntos y lo atribuye a la casualidad.

—¿Entonces, no cree en la casualidad?

—Otro taxista lo hubiera dejado en la calle. Por algo estamos masticando en compañía. Si a usted le gusta llamarle casualidad, por mí no hay problema. ¿Entiende?

—No, pus sí.

Taxista y pasajero regresaron hasta el Parque México. «Déjeme acá —dijo el Negro—. Estoy cerca de mi casa y prefiero caminar un poco. Quizá mañana vuelvo a buscarlo.» «Cuando guste don, y cuando quiera madrearlo al gordo también me busca. Pregunte por don Herminio.» «Nos vemos.» «Hasta luego.»

En dos peripatéticas cuadras, el Negro elucubró la próxima conversación con Mariana. Exponer ante la esposa el encuentro con sus dos bestias negras, ambas en una misma sesión, le violentaba los instintos protectores. Le haría daño a Mariana, quizá gratuitamente. Nada bueno sacaría con preocuparla. Sin embargo, cómo negar a la compañera informaciones que modificaban el estado de cosas conocido respecto de esos hombres de mala manera relacionados con ellos. Las novedades obligaban a evaluar las perspectivas actuales y buscar las vías de acción más convenientes. Entonces, aunque preferiría no hacerlo, debía hablar con Mariana. Recordó que para privarse de los amores de una dama lo mejor es asustarla, conflictuarla, etcétera, y despidió sus expectativas para el resto de la noche.

♦ ♦ ♦

Mariana agrandó pupilas al recibir el informe del Negro, y no obstante que propuso ir ella al día siguiente y terminar los trabajos de liquidación y arrasamiento empezados sobre el hombre de la burocracia y el del colectivo 59, enseguida recapacitó, dijo «Es broma» antes de que le dijeran «Es farsa», y devino cautelosa y analítica.

Ligados un tema con el otro, hablaron de Cadena y de la conveniencia (uno) y urgencia (otra) de abandonar ese departamento del que pronto los expulsaría el casero y antes que pronto podía venir a buscarlos un cuarteto similar al de La Cigarra. Irse estaba decidido, el cuándo lo estaba menos. Cadena hegemonizó la discusión. Distintos ángulos fueron propuestos. Por un lado «tenían» un poco recomendable funcionario, investido con poderes por Gobernación y agraviado por la pareja. «La pareja suena multitudinario, Marianao». Dicho funcionario parecía estimar su destrozado jarrón chino y la penúltima vez que fue visto usaba una mueca de odio para los argentinos. «Masculino plural: *Los* argentinos.» Por otra parte, lo habitual en Gobernación era una actitud seria frente a los extranjeros. Exigente pero no acosadora, y ante todo basada en el derecho de asilo. Tampoco sería fácil para el gordo exhibir sus ofensas. Luego, una operación clandestina por un jarrón roto resultaba tan desproporcionada como matar cucarachas con un tanque de guerra. «Gracias por la comparación.» «De nada. Vos te parecés más al tanque de guerra.» Mariana se rió. Dijo: «Esta noche no quiero pensar en cucarachas ni en inspectores». Desenfundó una botella de cabernet chileno *Casillero del diablo*, aseguró que estaba «Tan de oferta» que resultó imposible no comprarla, aterró al Negro con el aviso de que «le» había preparado una cena deliciosa, dijo «Ya debe estar». Volvió del horno con una fuente cargada con lomo de cerdo, chorizos, papas y pimientos. Buscó el entusiasmo del colega, obligándolo a una de las mejores actuaciones de su vida. Para después prometió postre. Encendió una vela ubicada en el centro de la mesa y terminó con un «Sentate, qué esperás».

El Negro recordó las relaciones entre táctica y estrategia, pensó que recuperar expectativas para el resto de la noche bien valían una misa y hasta dos cenas, estableció negociaciones entre sus aparatos digestivo y reproductor, y fue agraciado con el amor de la bella.

Así deberían terminar las historias, al menos las de un día, con el beso final de la película y el inasible amor representando la solidez del cosmos. Como los dueños del negocio saben, el happy end cumple una función insustituible. ¿Qué sentido puede tener despertar al protagonista a las tres de la mañana, con una tremenda piedra entre el estómago y la boca, bañado en sudor frío, prófugo de una pesadilla donde ha visto el rostro amado transmutar al horror de una gigantesca mantis religiosa? ¿A santo de qué instalar al tipo en el insomnio, verlo fumar, consumir té de tila, espiar la almohada vecina para verificar que ningún ser de color verde ronda por las cercanías? ¿Qué ganaría el autor y qué el lector —ni hablemos del protagonista—, con asistir a las confusas reflexiones características de un sujeto insomne?

Con otros

Entre los episodios de violencia presentados entre cero horas y seis de la mañana —ver estadísticas mundiales sobre incrementos de sangre derramada en ese lapso—, no resultan desdeñables, al menos no en México, los lanzamientos a la calle de inquilinos que han perdido —jamás ganan los inquilinos— un juicio de desalojo. El desarrollo de tales sucesos privilegia el accionar de turbas armadas con garrotes, bates de béisbol, fierros y cadenas, que se dedican a romper puertas, muebles, cabezas, más todo aquello que desentone con el desalojo dispuesto por el juez de la causa en aplicación de la ley inquilinaria. Son las brigadas de lanzamiento. Escuadrones judiciales que acechan desvelos y pesadillas de los todavía «ocupantes», en el tiempo que va de la notificación de la sentencia al abandono del local objeto de litigio.

Si no alcanza eludirlos, el ya declarado ex inquilino se expone a transitar una jornada inolvidable. Desde recibir insultos con lujo de abundancia hasta ser golpeado si opone resistencia, el ex caminará en la cuerda de los condenados: verá volar por las ventanas sus objetos más valiosos; la mañana se le convertirá en aquelarre y el hogar en barrio del infierno.

Hacer daño es parte importante de la puesta en escena. La actividad desplegada por los lanzadores imita una invasión militar cuya furia se reparte entre los beneficios tácticos de concentrar descargas devastadoras contra el objetivo concreto y el estratégico ensayo de una operación disuasiva, dirigida a todos y cada uno de los ciudadanos que puedan sentir tentaciones de embarcarse en un juicio inquilinario. Eternos ejercicios de avasallamiento del vencido reproducen su gestualidad, sus esquemáticas, rotundas formas. Aunque los lanzadores aún no han degollado varones ni violado mujeres, no parece buena idea apostar a que nunca lo harán. Y, quizá por los condicionamientos establecidos entre contenidos y conductas que los vehiculizan, si lo ocurrido en un lanzamiento no se halla lejos de belicismos y sevicias, tampoco el perfil de un individuo ocupado en tales menesteres lo diferencia sustancialmente de quienes actúan picana en mano, barril de aguas podridas a la vista, tehuacán y chile a la espera de ser utilizados.

Cualquier estudio en profundidad del modus operandi de una brigada de lanzamiento debe incluir, además de sus aspectos cínicamente funcionales, de la coartada de «Es un trabajo; no será el más elegante ni el más popular pero alguien debe hacerlo; tampoco me ofrecieron chamba de licenciado ni de parlamentario», cierta conformidad de los operarios con la tarea, a veces predisposición, otras acostumbramiento, en todos los casos modificaciones del actor para acercarlo a la obra. Y a veces también, en oscuras cavernas no siempre vislumbradas, una cuota de venganza contra la realidad, algo del turbio placer que sienten retorcidos subespíritus al provocar dolor y ver sufrir al prójimo.

Estas disquisiciones deberían ser otras. Había pensado aprovechar esta larguísima noche para desarrollar mi propósito de crear una novela donde realidad y ficción sean modalidades de una misma búsqueda; los países se lean como metáforas de un gran viaje y los otros muestren el rostro de quien acostumbra considerarse el uno... ¿A qué viene, entonces —se preguntará el improbable lector—, tanto insistir sobre lo irredentamente detestable de los fulanos que avasallan ancianas con su bate de béisbol y destrozan televisores contra el cordón de la vereda? Viene —responderá el autor—, a que ya hemos perdido el juicio de desalojo y todavía no encontramos dónde mudarnos. Razón suficiente para dormir poco y mal, temeroso de amanecer con un concierto de golpes de revancha contra la puerta. Y aunque puedo admitir que al resto del mundo poco han de importarle mis problemas —así nos hemos vuelto de individualistas e insensibles—, como cualquiera comprenderá, a mí sí me importan, mucho.

Argentino hasta la muerte

Conocer las inclemencias de la calle y haber trazado una línea de fuego entre ganar y perder, aficionaron a Césare a enfrentar las dificultades apoyándose en personas e instituciones ubicadas en el lado correcto de la sociedad, ahí donde «poder» y «presupuesto» son títulos de familia, y donde se puede hacer todo, o al menos casi todo, sin que a uno lo persigan para molerlo a palos y encerrarlo. Cuando miraba atrás y veía su infancia en un barrio de ratas, las carreras echando los bofes delante y ojalá ya lejos de los coches patrulleros, las palizas en la comisaría, y se recordaba sin cigarros en el calabozo de castigo, bendecía la invitación del amigo que lo alejó de las vacas flacas y lo metió en la Alianza Anticomunista Argentina, las invictas *AAA*.

Al servicio de López Rega —un policía tan piola que de cabo pasó a comisario general, saltando trece escalones del escalafón por la magia de un solo decretazo—, Césare sumó legalidad sin perder aventura. Anduvo tres años en el reviente de zurdos, dinamitando cementerios judíos y cuerpos de comunistas en Ezeiza, hasta que al *Brujo* lo mandaron a guardar sus velas negras y los militares impusieron el orden de sus botas en un «Tejido social desquiciado por la corrupción del desgobierno peronista y el terrorismo apátrida». Conmoción nacional que para Césare apenas significó un cambio de patrones.

El poder no puede prescindir de la experiencia, menos en materia tan delicada y especial como la contrainsurgencia, motivo por el que, en un país abundantemente desconforme y participativo, con grandes organizaciones sindicales y guerrilleras, la mano de obra calificada de la *Triple A* debía ser absorbida por las fuerzas armadas. Con el golpe militar comenzó para Césare una etapa que —eso creyó— mejoraría su carrera. En ella cristalizarían sus esfuerzos, brindándole los avances sociales y económicos propios de la condición de vencedor. Pero la mala suerte intervino para demostrar —si acaso fuera necesario hacerlo—, que sus castillos eran de naipes y su vuelo el de una pompa de jabón. Todo se vio truncado por los malhadados sucesos que lo llevaron a México.

Desde entonces, Césare D'Amato vivía obsesionado por el retorno. En las paredes de su casa, junto a una foto de Perón y al afiche donde brillaban los guerreros que en 1978 conquistaron para la azul-celeste y blanca el mundial de fútbol, había un mapa de Argentina y otro de Capital Federal. Césare abría los ojos con música de tangos y con similar concierto los cerraba. En una colección de constante crecimiento, tenía decenas de casetes grabados por sus orquestas y cantores favoritos. Terminada la misa de tango y mates mañaneros, se duchaba y, frente al espejo, imitados el peinado y la sonrisa de Gardel, recitaba la única estrofa que sabía de un poema, escrita para él tal vez, probablemente suya de tanto repetirla: «*¡Qué me importan los desaires / con que me trate la* suerte!/ ¡*Argentino hasta la muerte!* / *He nacido en Buenos Aires*»/.

Frecuentemente Césare comía en restaurantes argentinos. Churrasco, chorizo, papas fritas, ensalada mixta, flan con dulce de leche y vino de Mendoza. Cuando en uno de ellos encontró a Delfor detrás del mostrador, a punto estuvo de reconciliarse con la tierra del nopal y del smog. El creador de *La Revista Dislocada*, el mayor éxito radiofónico argentino de todos los tiempos, estaba ahí, delante suyo, servía ravioles y conversaba con los clientes. Tampoco a Delfor lo trató bien la vida. No halló lugar en la televisión. El progreso le pasó por encima. Pero ni Césare ni nadie que hubiera sido pibe en Argentina en la década del cincuenta, olvidaría nunca las comidas de los domingos al mediodía, con la radio puesta en el programa más cómico del mundo.

¿Qué más hacía Césare por su argentinidad dolida? Soñaba. Veía una manifestación de apátridas con banderas rojas avanzar por la calle Corrientes rumbo al obelisco. Él sabía qué iban a hacer. Pretendían colgar su inmundo trapo en lo alto del obelisco y proclamar la república soviética de las pampas. Césare no dudaba. Vestido con la camiseta de la selección argentina, repartiendo cadenazos, arremetía contra ellos y lograba ponerlos en fuga. La Patria estaba salvada. Despertaba envuelto en felicidad. Se levantaba, ponía un tango y preparaba el mate.

Cierto es que con frecuencia desayunaba café con leche (que si tuviera sus tres medialunas, de esas pequeñas y crocantes que sirven en los cafés porteños, sería perfecto). También le gustaba el atole. Los pedía de chocolate, de fresa, de arroz. Todos le gustaban. En cambio, la yerba en ayunas le

provocaba desórdenes estomacales y acidez. Para mayor emblema de argentinidad, Césare cebaba mate amargo, pri-
vándose del azúcar que tan bien le venía en las mañanas; pero
«La Patria es primero», aunque lo hubiera dicho un mexicano, y Césare tomaba mate amargo.

Pese a sus reservas sobre la posibilidad de que el chile
fuera comestible, reconocía en el abrasador vegetal virtudes
superiores a las del dentífrico untado en un palo aprendidas
con Jova. Imaginaba un vigoroso plátano macho chorreando
chile habanero; desnuda bocabajo la yegua judeo-comunista;
él ahí, y entonces…

Fiel a valores propios del universo de la legalidad, Césare comprendió que para encontrar a la rubia de sus desvelos,
lo mejor sería apoyarse en las instituciones. Pese al amor-odio
característico de sus relaciones con la realidad mexicana (su
argentinidad no le habría perdonado conformarse con lo que
México ofrecía), no dudó en seguir caminos de probada
eficacia y recurrió al auxilio de sus compañeros. Como era de
esperar, obtuvo buenos resultados. Orejón tenía un cuate en
los archivos de Migración, donde se lleva el registro de los extranjeros residentes en el país. Aunque más de cuatro forá-
neos, y también más de cuatrocientos —opinaban Orejón, su
cuate de Migraciones y el propio Césare—, estarían mejor registrados en cualquier reclusorio de la ciudad.

—Por una feria mi amigo te dejará ver los archivos. Puedo invitarlo a comer, así lo conoces.

Entre mollejas y morcillas, de una parrillada para tres
pagada por Césare en *La Pampa*, el hombre del archivo consideró el asunto como muy dificultoso y más bien cercano a
lo imposible. La caracterización hizo saber al argentino que

su investigación no sería barata. Oscar era notoriamente homosexual y dos veces se permitió arrimar sus rodillas a las del anfitrión. Césare pensó que una trompada en la nariz mejoraría su educación; luego, dado que estaba ahí para pedir un favor, prefirió recoger sus extremidades. Investigó el semblante de Orejón. Recordó la predilección por los travestis, más de una vez demostrada por su compañero, y decidió estar atento a eventuales informaciones que —nunca se sabe— alguna vez podrían ser de utilidad.

Abordado el bisnes desde distintos ángulos —nadie incurrió en la torpeza de mencionar la palabra dinero—, después de reiterar enfáticamente las dificultades que prácticamente lo hacían imposible, Oscar habló de un local de comida necesitado de optimizar relaciones con los proveedores, tanto en el rubro costos como en el apartado créditos; luego habló de armas para proteger el negocio de tanto ladrón que anda en la calle; y finalmente habló de mercancías para ofrecer a los clientes de la noche profunda, donde y cuando la euforia borra los límites impuestos por la cruda realidad.

Además de homosexual, el tipo era loco. Quería drogas, armas y policías que apretaran a sus acreedores, todo ello por una simple mirada a «sus» carpetas. Césare optó por precisar el bisnes.

—Ando atrás de una valija de éxtasis —dijo.

Oscar y Orejón lo miraron.

—El veinte por ciento de ese paquete será para mi equipo. Si al otro ochenta, que según es ley debe viajar hacia arriba, le falta un diez por ciento, probablemente nadie se dé cuenta. ¿Cómo ves, Orejón?

—Hoy por ti, mañana por mí, carnal.

—¿Y usted, don Oscar?

—Pues, veríamos. No sé de qué cantidad hablamos. Podemos hacer el intercambio de servicios cuando tengan la valija. De esa manera cada parte estaría en conocimiento de lo ofrecido por la otra.

Césare se enojó; puso en claro que Oscar no daría nada: su participación se reducía a dejarlo mirar unas carpetas; informó que los datos del archivo los necesitaba ya; declaró cancelada la negociación y reprochó a Orejón la inutilidad de las vías ofrecidas.

Y como a toda acción corresponde una reacción, Oscar prefirió aceptar que de promesas también se vive y citó a Césare para esa misma noche, al cuarto para las ocho en su despacho.

A las ocho se va todo el mundo, sólo quedan las guardias. Miramos las carpetas de argentinos ingresados en los últimos años y antes de las nueve su problema estará solucionado.

Se renta

Por la mañana el Negro estaba citado en el tribunal encargado de asuntos inquilinarios, donde sería confrontado con el dueño del departamento «todavía ocupado», quien contaba ya con un pronunciamiento judicial favorable al desalojo. La audiencia del día intentaba cerrar el caso fijando un plazo para la entrega de la vivienda, que de no cumplirse daría paso al lanzamiento de los ocupantes.

El casero, un turco llamado Baltasar, que nunca tuvo cara de Rey Mago y esa mañana la tenía de perro de presa, observó de lejos a su ex inquilino y dirigió la palabra exclusivamente al secretario del juzgado. Por el contrario, el Negro exprimió sonrisas para los presentes, dijo «¿Cómo le va, don Baltasar?», y acto seguido pidió un mes de plazo para dejar el departamento. El dueño ofreció tres días. Intervino el secretario, con un discurso que sonaba como si lo hubiera dicho diez minutos antes y lo recitara de memoria. También como si sus palabras fueran el centro de la ceremonia, y todas las personas afectadas y el conjunto de intereses en disputa jugaran el rol de meros accidentes, oportunidades para que el mundo escuchara su discurso. La intervención del secretario

abundaba en exhortaciones a la buena voluntad y espíritu ci-
vilizado de los intervinientes en la causa, extendiéndose en
apologías de la paz social y el espíritu fraterno con que deben
abordarse los problemas entre mexicanos. Y aunque ni el argentino ni el turco participaban de tamaño privilegio, ambos
lucieron ostensiblemente impresionados. Dando muestras
de flexibilidad, el inquilino prometió dejar el departamento
en tres semanas, y, en paralela demostración de tolerancia, el
dueño prolongó su plazo a seis días. Nada más se avanzó que
pudiera mejorar la resolución del conflicto. La situación llevó al secretario, quien terminado su discurso se veía aburrido
y apurado para estar en otro sitio, a informar a los involucrados que dada la escasa colaboración recibida, el tribunal quedaba en libertad de disponer el desalojo para una fecha ubicada entre los extremos propuestos. Anunciado lo cual,
finalizó la audiencia, y el Negro supo que tenía seis días de
prórroga.

Caminar mirando hacia lo alto, en busca de anuncios de «Se
Renta», era oficio que creían haber practicado toda la vida.
Mariana movilizó a sus amistades y consiguieron algunas direcciones. Visitaron tres o cuatro cuevas, escasamente acoge-
doras y carísimas, y terminaron consolándose con helados en
el banco de una plaza —nuez y café para ella, chocolate y vainilla para el Chato, individuo que, con rápida integración al
medio, pidió polvo de azúcar con chile para mejorar las nie-
ves, y limón y durazno para el Negro—, viendo crecer las
sombras de otra inquietante noche.

—Marx y Salgari escribieron acosados por el hambre;

Dostoyevsky era epiléptico y dejaba en la ruleta cada kopeck extraído a los editores; Reinaldo Arenas escondía entre tierra y cemento sus novelas, las extraviaba y las escribía de nuevo. Yo también puedo hacerlo. ¿Qué opinás, Mariana?

—Claro que podés, mi amor. Y mejor que todos ellos juntos. No te preocupes.

—No lo hago, pero en la empresa me rebajaron el sueldo.

—Ya me dijiste. Quizás yo cobre mañana o el viernes.

—Lo repito porque todavía me cuesta creerlo. «Alégrense de conservar el empleo», nos chantajearon. ¿A vos cuánto te deben?

—Cinco quincenas.

—Necesitamos dinero para mudarnos.

—Podemos pedirle prestado a tu amigo Pérez.

—No podemos, Mariana. Ya le debo mil dólares.

—Voy a vender mi saco de piel.

—Me parece bien. Y si el saco fuera tuyo, me parecería perfecto.

—¿Está bueno tu helado?

—No.

Esa noche el Negro enfrentó una página. Asomado al desierto de papel, resolvió empezar por lo más cercano y conocido. Mariana y él dormían juntos, se conocían mañas y lunares, nada ignoraban sobre el otro. Tal era la tesis. La antítesis decía que todo fue visto como a través de un vidrio, todo siempre detrás de un rostro, al fondo de unos ojos todo, encubierto por gestos, tapado por palabras, de manera que nada indudable, mucho menos indiscutible, sabían sobre el otro. ¿Dónde buscar la síntesis, entonces? ¿Cómo eludir desmesuras e infantilismos? ¿Debía hablarse de una soledad socializada o de una sociedad con mesa puesta para jugar al solitario? ¿Adónde llegarían por un camino para dos que nunca serán uno? Matices y acentos devenían esenciales. Buen material para sus faenas literarias. Pluma en mano, como lo haría Kafka, acompañado por una taza de café y un vaso de ron, el Negro pensó pedirle a Mariana que escribiera una página con sus impresiones sobre él. Sería interesante comenzar con una experiencia de literatura-verdad. Imaginó un cuento. Un hombre se propone escudriñar y divulgar la esencia de su vida. Quiere contar una historia fabulosa, con él y su mujer como protagonistas. Al mismo tiempo busca un ámbito de cotidianeidad, para que al leerlo otras parejas se reconozcan o al menos encuentren parentesco. Por azar descubre un texto donde la mujer vuelca lo que «verdaderamente» opina sobre el escritor-marido. El hombre descubre que la historia de ella no sólo es distinta sino, en ocasiones, antagónica respecto de la propia. ¿Qué hará? Carece de respuestas. La pregunta es el cuento. El Negro pensó que quizá no fuera tan buena la idea de pedirle ese texto a Mariana. Probó el café amargo y el alcohol dulzón. Unidad y lucha: omnipresencia de la contradicción. Pensó que mujer y hombre, que eso era, que así, todo mezclado, todo visto a pedazos, al servicio del vértigo todo y todo también esclavo de la inercia... Pensó que era irrisorio... que se veía imposible... que estaba chupado... Combinando el uno con los dos y con los varios, incluiría en sus historias las andanzas de la tribu familiar. Finalmente, el entorno social. Los muchos en acción. De lo pequeño a lo grande. También su viceversa. El tiempo como una gran orquesta y cada personaje bailando al son de una música particular.

Necesitaba un interlocutor. Por ejemplo, uno de esos tipos que pese a no saber nada creen saberlo todo. Ignoraba por cuáles razones lo quería así. Tal vez como símbolo de la irracionalidad triunfante. Debía ser. El caso no era raro entre colegas.

HOMBRE DE LA BATA BLANCA: O usted escribe novelas o se vuelve loco. Elija. NARRADOR: ¿Qué recomienda? HOMBRE DE LA BATA BLANCA: Escribir banalidades y volverse loco son acciones practicadas con exceso; simétricamente, lograr una buena frase puede ser tan difícil como alcanzar un estadio razonable. Locura y literatura abren puertas para salir de la realidad, pero, ¡ojo al parche!, bajo su responsabilidad, porque nadie garantiza que una vez afuera usted pueda y quiera regresar. ¿Qué trae ahí? NARRADOR: Un retrato de la familia. Mire, aquí estoy yo y éstos son mis padres, mis abuelos, mis hermanos, mis tíos y… HOMBRE DE LA BATA BLANCA: ¿Por qué carga una rata en los brazos? NARRADOR: Es Joe, un conejito de la India embalsamado. Fue mi primer juguete y mi primera mascota. HOMBRE DE LA BATA BLANCA: Ya veo. ¿Por dónde quiere empezar? NARRADOR: No sé. HOMBRE DE LA BATA BLANCA: Usted paga; le conviene inventar algo. NARRADOR: Tengo reinos y exilios; ejercicios de respiración artificial en el DF y mi proyecto de novela familiar. ¿Qué sugiere? HOMBRE DE LA BATA BLANCA: Empiece.

♦ ♦ ♦

Ya tenía el comienzo de la novela. La iba a llamar *Gambito de dama*. Recordó la existencia de un *Gambito de caballo*. Pensó que si Faulkner podía, eso demostraba que…

Gente de respeto

Nada accionaba tanto la intolerancia de Césare como la falta de respeto, ante todo en cuanto a él se refería, y en segundo término respecto a las representaciones de la legalidad con que se identificaba. La gentuza que se creía con derecho a desprestigiar a los auténticos mandatarios de la nación, desparramando de paso sus ideas comunistoides, lo sacaba de quicio. Para una persona como el señor D'Amato, crecida en un lugar donde hacer las cosas bien significaba comer todos los días, que tanto había corrido delante de un patrullero cuanto lo hiciera cazando fugitivos, la palabra «respeto» adquiría un valor cercano al absoluto. Si uno gozaba de respeto, había llegado; si no era respetable, no era nada. Césare encontró su lugar en el mundo declarándose combatiente del orden público. Harto de golpes y celdas heladas, vio la luz y dio el paso para cruzar al otro lado de las rejas. En ese concepto sintetizaba su parábola de cachorro furtivo, más tarde inquilino de diversas cárceles y finalmente cancerbero de la legalidad.

Probó el mate, todavía frío, y leyó el titular en la contraportada del periódico: *PASOS CHUECOS EN LA POLICÍA JUDICIAL.*

Las adhesiones de Césare a conceptos abstractos no ex-
cluían saludables dosis de pragmatismo. La cruzada al servicio de valores fundamentales de la sociedad, de acuerdo con
su leal saber y entender, debía conjugarse con el disfrute de
los satisfactores debidos a todo hijo de Adán y Eva, excepción hecha, claro estaba, de comunistas apátridas, judíos
internacionales, anarco yeguas y otras lacras por el estilo, a
todos los cuales y antes de proceder a su definitiva neutrali-
zación, convendría estudiar científicamente en el laboratorio
del ilustre Césare Lombroso, para saber si «de verdad» per-
tenecían a la especie humana.

Césare aspiró en la bombilla un trago amargo; pensó
que si reimplantaban la esclavitud su piel se volvería negra;
dedicó un recuerdo a los viejos amigos. Sus compañeros: Cobra, Halcón, Tigre, el Elefante… Muy mal los trató el Capi.
Puro verso sobre la Patria mientras él se forraba de billetes.
Por eso la lealtad se perdió y el equipo no tuvo más remedio
que operar por su cuenta. Con la mala suerte del caso, esa
vieja empeñada en negarle el divorcio, que les tiroteó la autonomía de vuelo y los dejó tirados en la calle. Sólo él quedó de
nueve compañeros. Alguna vez alguien escribiría una historia, y esa historia contaría la guerra en la Argentina del setenta y hablaría de militares y guerrilleros. Del Elefante y Cobra
y toda la gente como él, desconocidos soldados que sin ser
milicos ni terroristas dejaron su sangre en las trincheras, nadie diría una palabra.

Las amarguras del mate, raspándole el estómago, coin-
cidieron con la reafirmación de sus convicciones filosóficas.
En suma y resta de grandes pensamientos y situaciones con-
cretas —«Primero la Patria, segundo el deber»; «La azul ce-

leste y blanca en el corazón del occidente cristiano»; «El hombre es el lobo del hombre», como decía el Capi; y «De las mujeres mejor no hay que hablar», como batía Gardel—, integrados lo personal y lo universal, Césare manejaba una teoría sin pierde: cada quien debe buscar la suya, su camino y su ventura individual. La caridad bien entendida empieza por casa. El mundo es así y nadie va a cambiarlo. Sin embargo —matices esenciales— en un hombre caben otras cosas, como el respeto merecido y el valor de un soldado.

Encendió un *Delicados* sin filtro, para mitigar con humo las brasas del estómago. Dejó crecer olas de furia contra el artículo de *La Prensa*, aunque al mismo tiempo —servidos los motivos de la acción futura—, espumas de alegría le mojaron el ánimo.

La Policía Judicial muestra uno de los mayores índices de relación crónica con el crimen organizado. Las estadísticas sobre miembros de ese cuerpo cooptados por bandas criminales, tanto en niveles de mando como en la base, resultan tan elocuentes como alarmantes...

Firmado JM. Periodista que ya estaba en su agenda. Para observarlo por el momento, según indicaciones de «El Intelectual». «A ver cómo le hacemos, Malacara. Actualmente hay mucha campaña contra la represión a periodistas. Ya sabes, cagatintas que salieron averiados de una golpiza o dejaron de escribir por el hallazgo de importantes cantidades de plomo en su cerebro. A ese JM lo quiero muerto. Déjame pensar, a ver cómo le hacemos.»

Césare se sentía agraviado personalmente por el irrespetuoso periodista, y aunque entendía la prudencia del jefe, sus afinidades estaban con la mano firme que no deja golpe sin respuesta. En cuanto a él se refería, JM ya estaba condenado.

Antes debía preparar el asalto al inspector Cadena. También la vida le enseñó que aunque viajen en el mismo barco, civiles y uniformados pueden mirar a distintas orillas. Quien dice uniformados dice combatientes, gente de acción, y quien dice civiles dice burócratas y políticos. Puede decir basura. Cadena se perdió por ambicioso, por no entender a quién se le puede cobrar impuestos y de qué teta sale la leche de la vaca.

Le urgía apretar al inspector, además, por el éxtasis. Tanto el veinte por ciento de una maleta que, aunque no lo encontraba justo, compartiría con el Muerto, Godzila y Orejón, como el porcentaje prometido al marica del archivo.

La verdad, la verdad, todo el trabajo lo hacía él solo, y muy injusto encontraba verse obligado a repartir su veinte por ciento con el resto del equipo. Pensaba Césare que le hacían pagar su condición de extranjero. «¿Es cierto que las mujeres argentinas tardan nueve meses en sacar la basura?» Bajita la mano. Chingaquedito. Nunca sería lo mismo tener carnet mexicano que jugar de visitante. Menos aún de pampeano. ¿Quién sabe por qué se la habían agarrado contra ellos? «¿Es verdad que los argentinos no son negros porque Dios no castiga dos veces?» Así las cosas, ¡cómo plantear una distribución diferente!

En cuanto al fulano del archivo, quizá le diera algo y quizá no. Hablaría con Orejón sobre el asunto. Cierto era que todo salió perfectamente. La magia de los registros depositó ante sus ojos dos fotografías con nombre y apellido, y, lo más importante, domicilio de la pareja en el DF. El odiado rostro de la bruja rubia enfrentaba con seriedad la cámara. La hubiera enfrentado con espanto si supiera bajo qué ojos caerían sus artes de serpiente. En una hoja vecina estaba el marido. Otro terrorista, sin duda, porque demostró buen manejo de los fierros. Para él sería una bala en la cabeza; para ella algo más demorado, más en armonía con las cuentas pendientes y, por supuesto y muy especialmente, más satisfactorio para su verdugo.

Café La Habana

Un fragor entabacado techaba el amplio salón del café La Habana. Voces castizas competían con acentos chilangos y con efectos sonoros ambientales por la hegemonía del ruido. Lánguidos o apáticos en el trabajo —«Yo simulo trabajar; tú simulas que me pagas»—, sus parroquianos reservaban vitalidad y entusiasmo para el momento de cerrar la oficina y meterse en el café.

Ubicado en el corazón de Bucarelli, La Habana era rincón predilecto de periodistas que cobraban en diarios de la zona. Norman Mailers de la Buenos Aires, aplicados al minucioso relato de asaltos perpetrados en la Del Valle, sin incurrir en molestos comentarios sobre robos de coches que pudieran afectar a vecinos de su colonia. Kapuscinskis y Buendías llegados de todo el país, encandilados por las luces pintadas del «cuarto poder». Honestos unos, chayoteros otros, descreídos hasta de su madre y la Guadalupana todos. Medianamente enterados de «lo que pasa», más o menos al tanto de «lo que ocurre».

Ajenos a bárbaras costumbres campeantes en las afueras del refugio, tales como comer de pie tacos con salsas traídas del infierno, agregarle hierbas aromáticas para perfumar las úlceras, acompañar tales sustancias con jarabes fríos hechos con azúcar y pintura, pagar y retirarse con apuro, los españoles ejercitaban sus nostalgias reproduciendo homéricas contiendas verbales —añejas tradiciones de su tierra— contra quien anduviera cerca y sobre los temas que se cruzaran.

Pese a lo sociable del lugar, al estilo dominante de asamblea en las mesas, a la posibilidad de acercarse a cualquier grupo y comentar: «Con todo respeto, me van a perdonar mucho si me veo en la penosa obligación de admitir que ninguno de ustedes sabe una puñetera jota de fútbol. Porque Distéfano era bueno para correr; Pelé disfrutó un fulbito fácil y sin marca; pero al margen de la ignorancia derrochada en esta mesa, el mejor jugador de todos los tiempos se llama Diego Armando Maradona. He dicho». A lo cual, ni falta hace decirlo, seguirían toda clase de descalificaciones, tanto del descerebrado interlocutor como del enano ese gordo y fumado que pasó por España sin que nadie se enterara y cuya mayor virtud en la cancha consistía en correr unos metros, tirarse al pasto y pedir tarjetas amarillas contra quienes osaron obstruir sus desplazamientos… Muy a pesar, entonces, de lo coral de las conversaciones y de las facilidades comunitarias brindadas por el café La Habana, algunos individuos desubicados permanecían silenciosos, solos en sus sillas.

Tal era el caso de un sujeto cuya apariencia, de no resultar anacrónico el calificativo, podría calificarse de lombrosiana. No tanto por las deficiencias de sus rasgos, que de todo hay en este mundo y caras peores andan sueltas, sino por los brillos depredadores arrojados por su mirada.

Porte tal vez explicable como comprobante de haber pagado los impuestos aplicables a determinada profesión y estar en condiciones de mostrar el recibo correspondiente: Una de esas máscaras usadas por sujetos débiles para impresionar al resto del planeta. Coraza que, pervirtiendo las funcionalidades asignadas, suele producir autofágicos e identificatorios efectos no previstos, consistentes en que el uso de la ferocidad deviene abuso, el abuso invade parcelas no afectadas al uso, y el titular de la máscara termina confundiéndose con ella, sin saber dónde termina la ficción y en cuál trinchera de su guerra contra todos empieza la realidad. ¿Autonomía adquirida por el disfraz?... ¿Peligros de iniciarse en labores de aprendiz de brujo?... Serían respuestas posibles. Y polémicas. Tanto como afirmar que el sujeto en cuestión pudiera ser el carnicero nato de Lombroso.

Césare disfrutaba un estado de ánimo vengativo y satisfecho. Datos del expediente conocido en «Migración» indicaban la existencia de un juicio de desalojo, actualmente en etapa de ejecución, contra el objeto de sus batallas y deseos.

Subsiguientes indagaciones planteadas al hombre del archivo permitieron a Césare ratificar sabidurías del oficio: buenos contactos hacen fácil lo difícil; una relación exacta vale por meses de trabajo; nada reemplaza a la cadena de vínculos que, persona a persona e institución a instancia, liga funcionarios, oficinas, guardaespaldas, acerca dependencias, confidentes, secretarías, ordena la información y permite marchar rápidamente hacia el desenlace buscado.

En el caso, concretamente ocurría que los hombres de la Judicial, obligados a cubrir todo terreno, también operaban dentro de las brigadas de lanzamiento. El amigo de Orejón mencionó a un elemento probablemente incluido en el desalojo que despertaba el interés de Césare. Oscar mostró dientes en representación de una sonrisa. «Podemos verlo» concedió con cara de «esto va a subir los costos». Y Césare, arañando la meta, matizó su alegría con robustos pensamientos dedicados a la santa madre del titular del archivo.

Horas más tarde el elemento incluido en el desalojo fue sentado frente a un tequila y el misterio abrió sus puertas: el lanzamiento sería tres días después, a primera hora de la mañana. Por consideración a su carnal del archivo, exclusivamente por tratarse de él y debidamente valorada su expresa recomendación, el hombre de la brigada de lanzamiento podría tal vez correr el riesgo de salirse de la rigidez del reglamento, y, eventualmente podría, si hubiera señales de correspondencia para su buena voluntad, incluir a un extraño en la brigada el día señalado para reventar la casa de los pinches argentinos, sin ofender a nadie y con todo respeto a los presentes.

Césare mencionó el éxtasis y prometió un porcentaje para el amigo del amigo de su amigo, preguntándose qué quedaría para el comandante cuando recogiera la maleta. Avizorando la existencia en los hechos de una conspiración dirigida a impedir la entrega, y asumiendo la conveniencia de pergeñar un verso que incluyera la «inexplicable» desaparición de Cadena y la «deplorable» ausencia de la maleta.

Con buenas cartas en la mano, pagando con moneda usual en el país de las promesas, Césare se sentía como sapo en su charca, aunque, optimizada la comparación, podría decir que sus sensaciones lo aproximaban a un cóndor en la cumbre. Y como el ave majestuosa, sus ojos adiestrados para mirar en lontananza detectaban la presa en fracciones de segundo.

La puerta del café La Habana se abrió y dio paso al periodista JM.

Don Herminio intervino mordiendo

A seis mesas de distancia de la ocupada por el sujeto cuya apariencia sólo con recalcitrante anacronismo podría ser llamada lombrosiana, dos hombres comían tortas «Cubanas», notable muestra del barroco churrigueresco aplicado a la elaboración de bocadillos. Uno de los hombres combatía la caída de la noche y el encierro con una sólida cachucha hundida hasta las orejas, y ocultaba sus ojos detrás de vidrios color verde pálido; el otro luchaba contra todas las sustancias que un cocinero Guinness fue capaz de encerrar entre dos mitades de telera. Aplicado uno de ellos al tan inevitable como entusiasta cumplimiento de una X o Z entre las innumerables variantes de su oficio, y obedeciendo el otro al imperativo de «tener» que hacer algo sin saber qué, ambos venían de cumplir una rutina desarrollada en varios pasos: ubicación en la colonia Doctores del inspector Cadena y el conductor del Dodge que iba tras él. Seguimiento de los dos, en la ocasión hasta el Hotel Royal, donde Cadena se juntó con hombres dotados del lustroso toque de gatos de casas «buenas» propio de la pertenencia a grupos de poder. Prudente retirada del lugar, habida cuenta de la cantidad de guaruras y choferes que rodeaban a los amigos del inspector, amén de las caras y dimensiones de dichos profesionales de la seguridad. Posterior seguimiento del Dodge hasta el café La Habana, donde, en ese preciso instante, un primer acto de espera encontraba su fin.

—Abusado, compañero —dijo el hombre de la cachucha.

—¿Qué pasa? —logró pronunciar don Herminio, después de un aparatoso envío de comestibles garganta abajo.

—Un hombre acaba de entrar y el nuestro se puso en alerta.

—¿Usted cree?

—Mírelo.

En una de las mesas creció el bullicio, brazos y voces buscaron al recién llegado. «¡JM!», «¡Eh, JM!», «¡Miren quién apareció!», «¡El terror de los malos policías!».

JM elevó al cielo de humo una gran sonrisa. Era un moreno de cuarenta años, precozmente canoso y con grandes dientes. Saludó a varias personas en su recorrido y terminó sentándose, luego de dos besos y un abrazo mexicano —casi de perfil, como disponiéndose a bailar una danza rara, encorvados los cuerpos para evitar contactos inconvenientes, no vaya a pensar alguien que…— junto a dos mujeres y un hombre.

Oculto tras la cachucha y los anteojos de don Herminio, el Negro vigilaba a Césare y al recién llegado.

—Es JM —explicó su compañero—. Me gustaría pedirle su autógrafo, ahora que todavía está vivo.

—¿Por qué dice que todavía está vivo?

—¿No leyó sus artículos en *La Prensa*?

El Negro confesó su ignorancia y don Herminio explicó rápidamente la campaña del periodista contra los abusos y delitos de la mala policía. «Les da hasta por dentro de la nariz», dijo y remató: «Estuvo buena la torta. ¿No quiere pedir otra?».

—Órale, pero esta vez no lo acompaño. Ya no tengo hambre.

—No me gusta comer solo —protestó el taxista.

—De acuerdo. Pídame un plato con cacahuates y aceitunas.

—¿Ese tipo será un policía delincuente que quiere asesinar al periodista?

—Puede ser, don Herminio. Policía o algo así, era, y criminal o cosa parecida, es. Puede ser.

El romance hizo su aparición en la historia desarrollada dentro del café La Habana: una de las mujeres sentada junto al periodista, morena clara, vistosa y sonriente, acarició la cabeza del héroe de la máquina de escribir.

Por su parte, quizá para que la novela negra no se amelcochara en rosa, el anacrónico y torvo sujeto, lombrosianamente acodado en su mesa, no quitó la mirada del lugar donde tales sucesos ocurrían.

Llegó la segunda torta. «Los cacahuates y las aceitunas ya mero se los traigo.» Don Herminio echó a funcionar sus mandíbulas. El Negro siguió fumando. JM se puso de pie.

En dos mesas el hecho creó movimientos preventivos: intensidad en las miradas; cuerpos revolviéndose en las sillas, como dudando entre alzarse ya o demorarse en hacerlo; manos que buscan una cartera, los cigarros, el encendedor, otros objetos; poderoso mordisco a una torta, por si acaso esa mor-

dida fuera la última. Todo aquello que cabe en la palabra
«preparados».

JM caminó hacia el baño. Poco después el anacrónico
sujeto hizo lo mismo. Diez segundos más tarde dos hombres
lo imitaron.

A dos metros del baño don Herminio y el Negro oyeron
ruidos ominosos; al apurar su marcha enfrentaron el revolti-
jo de cuerpos. Uno de ellos esgrimía una pistola en la mano
izquierda, mientras con la derecha hundía la cabeza del segundo cuerpo en un mingitorio y la golpeaba contra las paredes de loza. Traducidos a palabras los ruidos emitidos por el
primer cuerpo decían «¡Mal nacido, cabrón, te voy a enseñar
a respetar!»... Discurso abruptamente interrumpido por el
salto que proyectó al hombre de la cachucha y revólver 38
especial —prudentemente despojado de los anteojos, que
otra vez verdeaban sobre la nariz del taxista—, hasta colocarlo junto al desorden de los cuerpos.

Cuando el primer cuerpo reaccionó tenía el cañón de
un revólver incrustado en la cabeza y por segunda vez escu-
chaba la insufrible voz del argentino terrorista:

—¡O lo soltás o te mato!

El agresor agredido mostró una rabiosa determinación:

—¡O me soltás vos o lo mato a él!

Una escena clásica, vista en montones de películas. Era
posible ganar, pero el triunfo podía incluir la muerte de un
inocente. ¡Cómo cargar con semejante peso! El Negro hundió su arma en una oreja.

—¡Soltalo y te dejo ir!

—¡Soltame y me voy sin matarlo!

La doble disyuntiva fue resuelta por la actividad del segundo cuerpo, que semiahogado en el mingitorio, pero parcialmente reavivados sus pulmones por ávidas aspiraciones de los pastosos gases formados sobre el urinario, logró golpear la mano de su atacante. Tal acción provocó el descontrol del agresor. Un disparo quemó la espalda del aquí llamado segundo cuerpo. Don Herminio intervino mordiendo la muñeca de la mano empistolada, y, mientras afuera del baño los ruidos cambiaban, en demostración de la llegada de curiosos convocados por el incidente, tres hombres arrojaron a otro al suelo. El hombre armado con revólver recogió la pistola del sujeto dominado, mientras sus compañeros, uno con la cabeza chorreando agua y orines y la espalda chorreando sangre y el segundo con una semicomida torta en la mano, aplicaron una lluvia de patadas —refinamiento fuera de toda realidad sería llamar puntapiés a las enfurecidas coces que lanzaban— sobre el cuerpo del caído, eligiendo el primero de ellos la cabeza y el otro la blandura de abdomen y testículos.

Voces a pocos metros del baño señalaban a los parroquianos más valientes del café, quienes, tomando las precauciones adecuadas para no encontrar una bala perdida, hacían acto de presencia, preparándose para irrumpir en el así llamado por costumbres profesionales «terreno de los hechos».

Tres hombres enarbolando revólveres y pistolas, tortas casi acabadas y repelentes chorreaduras volvieron a la estancia principal del café. Con excepción del escándalo protagonizado por la mujer que gustaba de acariciar la cabeza del gladiador escribiente, el público los contempló en silencio.

Después de que la mujer acariciante abrazó a su hombre, puso cara de asco al sentir los olores que despedía, y lo hizo aullar de dolor al apretar zonas tocadas por la bala, el

Negro consultó con el periodista, y el trío masculino y la dama salieron del café, caminaron veinte metros y entraron en un taxi.

—¿Dónde van a querer que los lleve? —preguntó don Herminio y echó a andar el reloj del taxímetro.

El periodista dió una dirección en la colonia Roma. El Negro dijo «Primero pasemos por una farmacia» y el coche se puso en movimiento.

En el camino, el Negro meditó sobre la frase que, entre quejido y lamento, le dedicó su compatriota desde el piso del baño del café La Habana: «¡Ya vas a ver la que te espera el viernes, pinche argentino!».

Lo que nadie escribe

Cuatro casi desconocidos se estudiaban en un departamento ubicado en la esquina de Querétaro y Mérida. Si bien JM, el periodista, y FA, profesora de música en escuela secundaria, eran pareja o algo así, y aclarado que don Herminio y el Negro habían compartido esperas y observaciones, y mención hecha del aprecio del taxista por las notas de JM, todo lo demás eran piezas de un rompecabezas que debían juntarse para revelar el drama del café La Habana.

JM fue bañado por FA, y tres improvisados paramédicos lo revisaron, dictaminando falta de gravedad dos de ellos y gravísimos peligros la tercera, tanto en el surco que del hombro bajaba a los glúteos cuanto en las escoriaciones presentadas por la cabeza. El buen estado del periodista fue ratificado por los aullidos que profirió al ser regadas sus heridas con chorros de desinfectante. Enseguida fue cubierto con un kilómetro de vendas y lo metieron dentro de un pants. Sobre la mesa de la sala brillaba una botella de tequila. Era hora de hablar.

El Negro presentó su caso. Relató los hechos ocurridos, años atrás en un colectivo argentino y recientemente en La

Cigarra. Dedicó dos minutos a Cadena, alegrándose al ver que JM mejoraba su atención, decía «Un momento», le pedía a FA una libreta del bolsillo interior de su saco, continuaba con un «Repita lo de ese Cadena» y tomaba notas. El Negro imaginó un titular con letras de doce centímetros: «CESAN A INSPECTOR CORRUPTO. Como *balazo* o *sumario*: «ACOSABA A REFUGIADOS ARGENTINOS». Dejó a los responsables del azar la explicación de por qué ese rufián lombrosiano se les cruzaba constantemente en el camino, explicó la relación establecida con don Herminio y terminó contando que los seguimientos a Cadena y al rufián, quien también iba tras el inspector, los llevaron al café La Habana. «Y lo demás ya lo saben.»

La modestia usada por JM para referirse a sus artículos sobre la Policía Judicial, soportó la ruda competencia del temor con que se refería a ellas la profesora de música y el entusiasmo derrochado por el taxista.

—Digo lo que todo el mundo sabe. La diferencia está en hacerlo por escrito. Sacarlo de la vaguedad del «dicen que parece que», y poner en el papel los nombres y los hechos: el comandante fulano, a las x horas de tal día, en tal lugar, agredió al señor mengano, se propasó con la señorita perengana, despojó de su mercancía al vendedor zutano. Eso es todo. La precisión elude el chisme y produce la noticia.

—Dices lo que nadie dice y por eso te quieren matar.

—Tiene razón la señorita. No se me achicopale don JM. Usted es un periodista necesario y nosotros estamos para garantizar su trabajo.

JM pidió a FA los vasos tequileros. Ella respondió «Tú no bebas. Puede hacerte daño». La conversación siguió así:

«¿Cuál daño? Es un tequila muy sano.» «Sí, pero en tu estado…» «¿Cuál estado? Estoy perfectamente. Sólo siento dolor cuando me río y exclusivamente donde ustedes abrasaron mi espalda con vitriolo.» «El vitriolo no existe. Lo usaban los alquimistas en las novelas de hace quinientos años. Era Merthiolate. Y también te pusimos en la colita.» «Admito mi mayor edad y experiencia, amén de una cantidad de habilidades inaccesibles a una profesora de música. Todo ello adelanta mi supremacía y tu obediencia debida. ¿Qué tal nalga tengo?». «El amor todo lo soporta. Pero debes cuidarte.» «Me cuido, gordita. El tequila desinfecta por dentro. Tomaré uno solo. No te preocupes.» «Conste. Los señores son testigos. Y también lo son de que me dices gorda para vengarte porque vi tu colita. También los señores la vieron, motivo suficiente para que ellos sí necesiten un trago.»

—Yo cerré los ojos —intervino don Herminio—. Y apoyo la causa de la señora. Tomará un solo tequila.

—Una es ninguna —mexicaneó el Negro.

La conferencia siguiente dejó en claro algunos puntos. Ante todo, si JM escribía contra los malos judas y venía un tipo a madrearlo, el tipo debía estar relacionado con los mencionados malos judas. Luego, lo ocurrido debía tomarse como aviso. JM continuaba en peligro. La próxima vez podían matarlo. Finalmente, también el Negro estaba en peligro. Había ofendido y humillado dos veces al rudo sujeto vinculado con los malos judas.

La conferencia se vio interrumpida por una pregunta capciosa del argentino: «Malos judas… ¿es o no pleonasmo?», la cual condujo a prejuiciosas generalizaciones tipo «El judas bueno es el judas muerto» y otras por el estilo, jamás justificables pero quizá comprensibles dados los hechos del pasado inmediato.

El análisis demostraba que tanto JM como el Negro debían cuidarse. Eran algo así como blancos móviles. Don Herminio y FA, en cambio, contaban con la protección de su anonimato.

El qué hacer soportó propuestas que iban desde salir a Guatemala o mudarse a Puebla hasta refugiarse en una embajada europea o escribir algo simpático, por ejemplo: «Valiente judas salva un lindo gatito», y se detuvo en otras más accesibles, tales como instalar a JM en el departamento de FA, en la Narvarte y al Negro en «La casa de usted», así llamada la suya por don Herminio, ubicada «Aquí nomás, en la Escandón».

Los dos hombres en situación de peligro agradecieron las ofertas y prometieron considerarlas.

—¿Cuál considerarlas, mi estimado? Si a usted lo van a sacar a patadas mañana de su departamento.

—Mañana es mi sexto día. Si me sacan a patadas, será pasado mañana —regresando al sujeto que lo amenazaba desde el piso de un baño, el Negro agregó:— Me alegro que lo mencione, don Herminio, porque pasado mañana, el viernes, voy a necesitarlo muy temprano.

—Y a ti, tarado, también te pueden matar mañana —intervino FA—. Te vienes a mi departamento ahora mismo.

—Si me han de matar mañana, que me maten de una vez.

—¡No mames!

—Si me han de mamar mañana... dejémoslo ahí. Pero hablando de emes... ¿Y tu mamá?

—Mi mamá ya sabe que nos vamos a casar.

—No sé cómo hace. Ni yo lo sé.

—El marido siempre es el último que se entera.

—Voy a preparar un bolso.

El Negro aprovechó los preparativos, idas y venidas del anfitrión y la profesora, para llamar por teléfono a Mariana, escuchar sus reclamos por hallarse ausente a «La hora que es» y prometer una buena historia a su regreso. «¿Buena quiere decir mala?» investigó la experimentada esposa. «Más o menos», concedió.

Se repartieron direcciones, teléfonos y otras formas de comunicarse. Convinieron establecer contactos diariamente, por las novedades que pudieran producirse. Prepararon el bolso de JM. Viajaron los cuatro hasta la calle San Borja, donde vivía FA. Ayudaron a subir al herido, le hicieron tomar dos aspirinas y lo dejaron tumbado sobre una cama. A JM le había subido la fiebre, y se mostraba un poco trastornado y abundantemente necio al sugerir la necesidad de considerar un aspecto no analizado, que podía dar la clave del misterio: al tipo de La Habana lo contrató FA, para asustarlo y obligarlo a contraer matrimonio en estado de inconsciencia.

—Contame la buena historia —dijo Mariana.

—Preparate —respondió el Negro.

Antes de ser atrapado por la noche

Al día siguiente el Negro reflexionó: hablaría con Cadena. Podía machacarlo en otra oportunidad. Por el momento convenía proponer negociaciones e intercambio de seguridades. Aquí legalidad, documentos para la parte A; de este otro lado informes sobre los preparativos de una agresión, tal vez salvar la vida para la parte B. ¿Cómo encarar la cuestión? Cadena ya no lo buscaba. O sí lo hacía pero clandestinamente, como uno más entre tantos oficios de tinieblas. Para encerrarlo, deportarlo, venadearlo, o cualquier otra medida propia del abuso de poder y la mediocridad en la venganza. No podía presentarse en su oficina, pero podía llamarlo por teléfono. «Tengo datos sobre un complot en contra suya», le diría. Silencio del otro lado. «Un individuo nada recomendable lo sigue, y no porque se haya enamorado de usted.» «Venga a verme», respondería el funcionario. «Le paso este aviso a cambio de una pipa de la paz, de que mi esposa y yo recibamos documentos migratorios y nadie vuelva a molestarnos. ¿Está bien?». «Le doy mi palabra de honor. No los perseguirán. Aquí lo espero. ¿Cómo es su nombre?» Entonces, iría a verlo y hablaría con él. Los dos disimulando el odio ante la urgencia de atender peligros. «Su perseguidor es así y asá; argentino; circula en un Dodge decrépito. Allá trabajaba para la dictadura militar. Va también contra este servidor y su mujer, por eso lo conozco. Lo ha seguido desde la oficina hasta su casa. Lo sé porque yo también lo seguí. Estaba molesto con usted, pero dejemos eso, para mí es historia antigua. El fulano anda con otros tres. Impresionan como cuarteto delincuencial. Estoy aquí porque es un enemigo común. Si lo sacamos de circulación nos hacemos mutuamente un favor. Sólo quiero documentos y una vida tranquila. Es todo.» Cadena achicaría los ojos para estudiar a ese extranjero, sin decidir todavía sobre fumar o no la pipa de la paz, si lo dejaría marchar de la oficina u ordenaría a sus hombres encargarse de él. Lo imaginaba con más miedo que odio, más preocupado por su integridad física que por el placer de vengarse, tomando decisiones precautorias: «Yo me ocupo del sujeto. Usted manténgase en contacto. También me ocupo de resolver favorablemente sus peticiones y las de su señora esposa. Me la saluda y, por favor, asegúrele que todo fue un mal entendido. Anote aquí su teléfono y sus datos. Déjeme ahora porque nos toca actuar con rapidez».

Eso iba a hacer, pensó el Negro. Hablaría con el inspector Cadena, si bien primero debía ocuparse de otros asuntos.

Llevaba cinco días «enfermo» en la empresa de publicidad donde, eventualmente y sin contrato, trabajaba. Llamó para dar detalles de su enfermedad y le dijeron que o sanaba ya o se olvidaba del trabajo. Seguro de sus prioridades, informó de un meritorio esfuerzo sanitario que, eso esperaba, le permitiría presentarse en la oficina al día siguiente. Del otro lado insistieron, recordaron su calidad de indocumentado. El Negro dijo «Mañana voy, no se preocupe» y cortó.

«Mañana es la batalla», pensó y recordó que en su departamento había tantas armas cortas como en una armería, si bien casi todas ellas con escasas municiones. Desvariaba. No llegaría una patota de centuriones criollos a secuestrarlo en la madrugada, sino una más modesta de teporochos locales, únicamente interesada en destrozar sus bienes y abollarle la cabeza a batazos si se ofrecía.

«Vio» su máquina de escribir —pagada por el *Alto Comisionado de Naciones Unidas para Refugiados*, en calidad de «Ayuda para adquirir herramientas de trabajo»—, una *Olimpia* portátil, cuyo tiquitac era la música ya identificada con sus pálidos intentos de grabar en papel reflejos de la vida. La vio estrellándose contra la calle, con las patas de los tipos destrozadas, sangrando tinta, como una gran araña boca arriba. Vio arder sus papeles, los vio hacerse pedazos entre manos rencorosas. Comprendió que ni su ropa ni sus libros ni los cuatro objetos llamados «equipaje» le faltarían en la forma densa y dolorosa en que iban a hacerlo la Olimpia y las catorce páginas escritas, y, por primera vez, supo que de verdad escribiría esa novela.

Antes de ser atrapado por la noche debía poner a salvo sus tesoros. Además de algunas chucherías juntadas por Mariana, quien, pese a la experiencia acumulada sobre albergues transitorios, seguía empeñada en convertir en hogar cada pared y cada techo visitados por la pareja, cada uno de esos lugares de donde, más temprano que tarde hasta el momento, debían salir en estampida.

Imaginó otra escena con el tipo de las verdades presumidas.

NARRADOR: De esto se trata. Uno dejó atrás el festival de protagonismo y la gran ilegalidad, pero apenas se descuida ya está metido en otros líos. Y aunque nadie va a venir a destazarlo, tranquilamente pueden machacarle el cráneo. ¿Comprende? HOMBRE DE LA BATA BLANCA: No voy a decirle que se vuelva a su chingado país porque ahí lo esperan para convertirlo en chorizos argentinos; sugiero un rápido cambio de domicilio. ¿Cómo sigue la familia? NARRADOR: Bien. Mire, aquí está mi hermano mayor. Empezó con dos perras aficionadas a devorar los muebles de su departamento. Ahora tiene veintisiete perros y quince gatos. Su casa está tomada pero él siempre encuentra un lugar donde dormir. Cuando las finanzas no cuadran compra acelgas y espinacas para los humanos de la familia —algo verdoso les crece detrás de la piel y los colmillos se les han vuelto redondos—, y huesos con carne para el bestiario. Este calvo es mi padre. Si se ve borroso es porque ejerció la paternidad a trescientos kilómetros de sus hijos. Junto a él, mi hermano menor, ya sabe usted, el de las fugas. Véalo acercarse al borde del retrato, tratando de salirse de la fotografía. Ésta es mi hermana, siete años en prisión y la sonrisa grande. Esta niña es mi hermanita, desaparecida a los dieciocho años, es decir, asesinada de la peor manera por los militares. Ésta es mi abuela, que vivió ciento cuatro años tratando de ser inglesa en la pampa. El calzado con un zapato negro y otro amarillo es su marido, un hombre distraído y aún así capaz de ganar mucho dinero. Aquí el Ciego Rafael, maestro de igualdades y rebel-

días, el más corto de vista y la mejor mirada del pueblo. Al lado suyo, mi mamá, entre Pasionaria y Madre Teresa de Calcuta. Éste es el tío Samuel, un hombre que nunca hizo nada en su vida. Cuando murió vestía una camiseta andrajosa, sin embargo, en su ropero fueron halladas cuarenta camisas nuevas, guardadas en las fundas de plástico de la tienda. Esta gorda es su mujer, treinta años cocinando dulces para combatir la amargura de haberse casado con mi tío. Aquí mi otro abuelo, el muchacho de Valladolid que marchó a hacer la América. ¿Sigo?
HOMBRE DE LA BATA BLANCA: *No, gracias.*

Sordos ruidos oír se dejan

Quince hombres llegaron a las afueras del objetivo. Atrincherado en su negativa pertinacia, el oponente había puesto llave al departamento. Detalle insignificante. A sangre y fuego, aunque la mitad de sus integrantes quedara sembrada en el asfalto, el pelotón tenía una tarea y no dejaría de cumplirla. Fieras las miradas, determinados los ánimos, apretados en las manos garrotes y cadenas, los hombres sólo esperaban la voz del jefe para lanzarse contra el odiado enemigo.

No miedo ni tranquilidad sino excitación de vísperas reinaba sobre la tropa. Por la noche, cuando sombras y soledad mordían el alma de los rudos condottieros, la espera se poblaba de narraciones que espantaban a los pusilánimes (no era el caso) y llevaban a los valientes a verificar el estado de sus armas. Iban a entrar en la cueva de una bruja dotada de superpoderes y de una malignidad sin límites. Su lugarteniente era un terrorista internacional buscado en veinte países, apodado *El Chacal*. Legendario sujeto cuyas huellas se cruzaban con el asesinato de John F. Kennedy, con las misteriosas muertes de cuatro involucrados en la ejecución del Che Guevara y con el atentado que catapultó por los aires al almirante español Carrero Blanco. La bruja daba órdenes y El Chacal ejecutaba. Los más crédulos aseguraban que la hechicera tenía siete cabezas con siete lenguas venenosas y que despedía rayos exterminadores por los ojos. Se mencionaba el caso de un operativo extranjero que intentó detenerla en La Cigarra, al cual una mirada de la bruja dejó ciego, castrado y loco. Sin embargo, al sol de la mañana las dificultades se veían de otra manera. Pese a los mitos que, como en toda guerra, magnifican la ferocidad del enemigo, el pelotón recuperaba su instinto cazador. Los hombres habían cobrado cuatrocientos baros cada uno y no veían el momento de entrar en acción.

Primero era lo primero. Tocar el timbre, por si los atrincherados preferían rendirse, abrir la puerta, mostrar una bandera blanca y sentarse a mirar cómo sus basuras eran arrojadas a la vereda. Venía luego un largo silencio, probablemente lo mejor para el equipo ofensivo, pero, he aquí la cuestión, en ciertas ocasiones el silencio había sido preludio de catástrofes. Porque si normalmente anunciaba el vuelo de los pájaros, y que en el lugar no se hallaría más resistencia que la ofrecida por puertas y cerraduras, en otros aciagos casos registrados por los anales de la profesión, el hecho encubrió a vencidos desesperados que recibieron a escopetazos a quien osó poner sus pies en casa extraña. A través de dos ventanas protegidas por gruesas cortinas se hicieron observaciones cuyo resultado dividió a la tropa en dos bandos: uno de ellos comprobó que el lugar estaba vacío; el otro juró haber visto muebles y claros signos de presencia humana. Se conversó con algunos vecinos y los guerreros se enteraron de: 1) «La pareja dejó la casa la semana pasada»; 2) «Están ahí dentro. Los escuchamos rugir y cortar cartucho hace diez minutos»; 3) «Se fueron anoche»; 4) «Deben estar, o a lo mejor se han ido». Los preliminares finalizaron y llegó el momento de enfrentar la puerta.

Enfrentar era buena palabra, porque si de afirmar que cada oficio es un mundo se trata, y que como tal forma su entorno, su escala de valores, su ideología y su propia historia, también se «sabía» de expulsados por la ley que dejaron amarrada una bomba en la puerta, cuya explosión desparramó por la cuadra vísceras y otras menudencias de quienes hicieron girar la cerradura. Lo cual, tratándose de la Bruja y el Chacal, resultaba altamente posible. Quizá por eso fue que los rudos combatientes se dedicaron a fumar, poner cara de ausentes, instalarse en lugares alejados de la puerta, mientras esperaban que el jefe, cuya función no era dar ejemplo sino dar órdenes, eligiera a dos de sus muchachos y los mandara a cubrirse de gloria, o de sangre más sustancias de las que mejor ni hablar. Como de costumbre, el jefe eligió a una pareja de novatos, quienes no habían tenido aún oportunidad de hacerse cuates suyos.

—Ustedes dos, procedan. Un minuto de ganzúa. Si no abre, apliquen la barreta.

Vistas las caras puestas por los elegidos, el jefe optó por asumir los aspectos magistrales propios de su tarea de conductor, mostrándose como un jefe «humano», comprensivo y hecho a pensar positivamente aún en los peores momentos.

—Miren, no pasa nada. Seguramente la pareja ya se fue. Llevo diez años en este oficio y jamás vi explotar una bomba. Las únicas brujas verdaderas son las que tienen en casa y los chacales son unos perros llamados coyotes que se alimentan de carroña en el desierto de Sonora. ¡Órale, cabrones! ¡Aquí nadie se arruga!

Arenga ante la cual los ejecutores, arrugados ya y muy convencidos de que por mala que fuera la vida debía valer más de cuatrocientos pesos, fueron sometidos a la observación severa del conjunto. Sólida unidad que, feliz de no figurar entre los elegidos, desplegaba una sardónica capacidad de crítica, según la cual, o los susodichos enfrentaban, ¡pero ya!, la puerta o serían declarados *in aeternum* irredentos puñalones mentales, quizá practicantes, y mariquitas sin calzones de tiempo completo. Duras opciones que terminaron depositando al dúo seleccionado frente a la puerta.

La inexperta ganzúa, observada por el conjunto a diez metros de distancia, raspó puerilmente una chapa inconmovible. La barra metálica, en cambio, luchó metal contra metal en un concierto de golpes y ruidos, al parecer programado para arrancar exclamaciones a los expectadores, quienes en cada golpe veían alzarse el fantasma del hongo atómico.

Diez minutos después el reducto fue asaltado sin resistencia, entre fuertes risas y animosas voces, clara expresión del mejorado ánimo de los centuriones. Como todos suponían, los pájaros habían volado. Algunos muebles viejos fueron ritualmente despedazados contra el cordón de la banqueta; todo aquello impulsable con los pies fue desalojado de esa manera; golpes desagraviantes llovieron sobre ventanas y canastos.

En una hora y media terminaron. Los exteriores del domicilio quedaron sembrados de vecinos, curiosos llegados de otras calles y objetos considerados sin valor por el equipo. Antes, abundantes piezas de pequeño tamaño habían encontrado cobijo entre las ropas de los aventureros. El jefe mandó buscar a un cerrajero e informó que se quedaría con él a efectos de cumplimentar la fase final de la operación, consistente en el cambio de cerradura en la puerta de calle. Declaró terminada la tarea, asignó tres hombres a su custodia, en prevención de un ataque sorpresivo de la Bruja y el Chacal, y autorizó el desbande del equipo restante, aclarando que esperaba a todos sus muchachos al mediodía en el «Bodegón del Perro», donde comerían juntos y evaluarían la acción realizada.

Individualmente o en grupos, el equipo se retiró. Uno de los elementos nuevos, a quien no le tocó puerta porque venía recomendado, buscó un Dodge decrépito. Nadie reparó en dos hombres que se arrimaron a él mientras abría la puerta del coche, mucho menos en los disimulados fierros que prolongaban las manos de los recién llegados. Ni siquiera hubo testigos de cómo los hombres acompañaron hasta un taxi ecológico al elemento nuevo, ni de la partida del trío con rumbo desconocido.

El juego del iceberg

Seis glándulas suprarrenales trabajaban a destajo para proveer las hormonas que aceleran ritmos cardíacos, aumentan presiones arteriales, dilatan bronquios y estimulan sistemas nerviosos centrales. Los tres viajeros del taxi parecían haberse puesto de acuerdo para jugar al iceberg, mostrando apenas un emergente de las emociones que los atravesaban. Don Herminio iba chispeante, representando la transformación de un pacífico taxista en guerrero del asfalto y novio de la aventura. Tan esquiva dama le había negado sus favores durante sesenta y ocho años, postergando hasta la resignación sus deseos de comportarse, al menos una vez, como personaje de película. El objeto metálico, de a ratos guardado en la bolsa del saco y de a ratos exhibido en su mano, sin dejar de ser una pesada Colt 45, era una sortija que sellaba su compromiso con los esplendores de la acción. El Negro se revolcaba en sus contradicciones, trataba de hallar la mejor explicación a sus actos, pensaba que la dilucidación de lo hecho mejoraría sus condiciones para entender la actualidad y programar el futuro. Después del acuerdo imaginado con el inspector Cadena: «El hombre va por su cabeza, inspector. La parte mía es avisarle, la suya darnos documentos migratorios. Quedamos amigos y santas pascuas. ¿Cómo ve?». «También aquí trabajamos, señor… ¿Cómo se llama usted?… Y hemos sabido que el mencionado sicario anda tras sus huesos. Entró en contacto con la brigada de lanzamiento. Lo buscará camuflado entre ellos.» Después, entonces, de arribar a un estadio donde profetizar el pasado resultaba fácil y las piezas del rompecabezas tendían a ordenarse, al Negro le tocaba encontrar conexiones entre lo sucedido ya y los acontecimientos de mañana. Pisaba, borgeanamente, un jardín de senderos que se bifurcan. Fórmula tan sonora como inútil, ya que un hombre se encuentra siempre frente a senderos multiplicados. El recurrente «Ahora mismo, ¿qué hacer?», con su sola enunciación admitía tanto la omnipresencia de las opciones cuanto la posibilidad de equivocarse. Pensó el Negro si acaso aquello que pudo haber sido, todavía podría serlo. Nada le impedía detenerse en la próxima esquina y hablar por teléfono con Cadena. «Mire, inspector, no lo va a creer. Acabo de capturar a un sujeto que planeaba operar contra su servidor y contra usted. Él es judicial o algo así y yo soy refugiado o proyecto de. Los dos somos argentinos. Mi mujer es la rubia que le arrojó un cenicero por la cabeza.» Francamente inviable, por decir lo menos. «Tiene razón en una cosa: no le voy a creer. Usted y su mujercita encabezan una lista de la que pronto tendrá noticias. Venga a verme y hablaremos de la legalidad y de la conducta que México espera de los extranjeros. Aquí tiene su casa. Lo espero.» Ni soñarlo. Debía bifurcarse por otro sendero. Observó al detenido. Con los anteojos cegados y las manos esposadas a una de las agarraderas del bochito, el hombre ofrecía la imagen de un iceberg capturado. Pero además, el prisionero estaba ahí para decir sin despegar la boca: «Ganaste esta vez pero no te confundas. La ley está conmigo; lo de hoy es apenas otro capítulo. Pase lo que pase el cazador voy a ser siempre yo y vos serás siempre la presa. Siempre no, hasta que te agarre y te toque ser el prisionero. Cuando eso suceda, vas a llorar por el día en que naciste». Lo cual, para el Negro, era un lenguaje comprensible. En cuanto a Césare se refería, si alguna duda sobre el destino podía haberle quedado, los hechos de esa mañana se aplicaron a disiparla: el día en que las vacas volaran, él recibiría toneladas de bosta sobre su cabeza. Si alguien había nacido para ser meado por los perros, ése era Césare D'Amato. Dicho lo anterior en general, mientras que en lo particular, la existencia de esa pareja parecía ser la pesadilla que Dios y el Diablo le habían destinado. Ella era una bruja y él un chacal. Ello explicaba que Césare no pudiera dar dos pasos sin verlos montados sobre su cuello. Afortunadamente no estaban en Argentina. Ningún terrorista podía matarlo. Cuando llegara su turno, al amparo de las leyes y las instituciones, su venganza sería implacable. No sabía qué, debía pensarlo bien, preparar el mayor escarmiento de la historia.

—Pare en la esquina, don Juan. Quiero hacerle una consulta —el nombre cambiado protegió al taxista.

Don Herminio sonrió. Eso le gustaba.

—Usted dirá para qué soy bueno.

—Usted es bueno para todo, don Juan —dijo el Negro y planteó sus dudas sobre avisar o no a Cadena de la situación actual del caso: la captura del enemigo mutuo y un posible in-

tercambio de servicios dirigido a cancelar tanta demencia—.
¿Cómo ve, don Juan?

—Mire, usted, es fácil. ¿Para qué tener dos enemigos si
puede tener sólo uno? —el chofer agrandó la sonrisa—. Mejor le avisa al cerdo corrupto de Cadena que aquí el caballero
se lo quiere quebrar, de esa manera obtiene el agradecimiento del inspector, una mano lava la otra y el gordo lo perdona.

—¡Ustedes saben lo de Cadena! —más fuerte que miedos y rencores, el asombro del prisionero alcanzó grado de
palabra.

—¿Usted cree, don Juan?

—¡No, señor! ¡No lo creo para nada! Pero si un pasajero anda en problemas, el chofer está obligado a echarle la
mano. Taxista que no es sicólogo, equivocó el oficio. La buena onda nunca sobra. ¿A poco no?

—¡Cómo saben lo de Cadena!

—Según usted, no debo llamar a Cadena…

—¡Ni loco!

—Entonces, don Juan, nos toca decidir la suerte del prisionero. ¿Lo quebramos de una vez, para que ya no moleste,
o antes le damos un paseo por el infierno?

—Si colabora podríamos perdonarlo.

—¡Perdonarlo! ¡Mire, compañero, o usted se ha vuelto
blando o la locura sopla fuerte esta mañana!

—Si habla conviene perdonarlo. Ya nos quebramos tres
en la semana. Mejor parar el exterminio.

Sí. La locura soplaba fuerte. Y Césare se hallaba en el
peor lugar del manicomio. De la venganza, que fuera suya, no
quedaba nada. El Chacal quería matarlo, como antes sin
duda hiciera con montones de oficiales argentinos, con la

sangre fría y la falta de emociones propias de la estrategia mundial del comunismo. Su única esperanza parecía hallarse en ese jovato que tiraba líneas para negociar. «Si colabora». «Si habla.» Césare D'Amato, soldado de la calle, sabía bien cuando convenía irse a baraja. Esa «mano» estaba perdida. Si quedaba vivo podría seguir jugando y buscar el desquite.

—Estoy dispuesto a colaborar —dijo—. ¿Qué quieren saber?

El ligue de don Herminio

Césare obedeció la orden de bajar la cabeza, tal vez excesiva precaución de don Herminio, quien desconfiaba de la privacía brindada por los anteojos oscuros, pintados por su compañero y provistos de cartones en los costados, cuyo propósito era obstruir toda visión al sujeto capturado. El chofer manejó por una ruta deliberadamente enrevesada y veinte minutos después llegaron a la calle San Borja. En la dirección correcta llamaron con la clave convenida: un timbrazo largo, dos cortos y otro largo, y sin soportar contactos visuales con vecinos accedieron a la recámara donde, sometido a los amorosos cuidados de FA, se reponía JM.

El herido evolucionaba hacia la salud plena con un ritmo veloz y sostenido. La satisfacción de FA convivía con las sospechas de su madre, quien practicaba una duda preñada de mordaces verbalizaciones para referirse a los «verdaderos» motivos que mantenían a ese hombre metido en una cama de su departamento.

Apenas sesentona, de cabello tenuemente azulado, doña Rosario detestaba ser llamada Chayo. Apenas vio a don Herminio se abocó a coquetear con él, en la manera de quien busca en otro ser las huellas de maravillas extraviadas. Empresa obstaculizada por la poco prudente actitud de su hija, al meterle un galán de cuarenta años en la casa, amenazando convertirla en abuela a poco que descuidara diez minutos sus controles. Aún así, verse rodeada de hombres gratificaba las fantasías de Rosario y mantenía su buen humor. Ofreció café a los recién llegados, sin preocuparse por ver a uno de ellos esposado y con anteojos de payaso cabalgándole sobre la torcida nariz de boxeador.

JM y FA ofertaron los asombros propios de la novedad. Estimaron absolutamente fuera de toda regla de seguridad que los conspiradores se presentaran con un prisionero en su departamento (ella); y fabuloso que hubieran conseguido un judas dispuesto a hablar (él).

El Negro telefoneó a Mariana. «Todo bien», dijo. «Observé la masacre en nuestro departamento. ¡No te imaginás a quién encontramos en el sitio!» «Sí, me imagino.» «¿A quién?» «A la bestia.» «Me frustrás, Mariángela. No puedo sorprenderte.» «Sí podés. Me sorprende mucho que dejes a tu mujer y tu hijo en una casa extraña, y demores tres horas en comunicarte.» «No es ninguna casa extraña sino nuestra casa de usted. Ahí vive don Herminio.» «Sí, pero vos te fuiste a meter en el desalojo, y el Chato ya preguntó tres veces dónde está su papá y cuándo viene. Por lo menos podías telefonear y avisar que estás vivo.» «Siempre estoy vivo, Mariana. De acuerdo: tenés razón. Ya pasó. Nos desalojaron.» «Encontré unos fideos en la cocina que se ven buenos, y salsa de tomate. Voy a comprar carne y pienso hacer una pasta deliciosa. Vienen a comer, espero.» «Jamás me perdería esos fideos.»

Césare fue esposado a los barrotes de la cama. Ahí recibió el café que doña Rosario, dando muestras de exquisita educación, le sirvió en el piso sin inmutarse. «No me diga doña, hombre de Dios. Basta con Rosario. ¿Y cómo se llama usted?» «Césare.» «Césare… romano imperial… ¿También tiene apellido?» «Césare Lombroso», declaró el hombre que, aún detenido, ciego y esposado, no renunciaba a los tics conspirativos ni a la preservación de sus datos verdaderos. «Lindo nombre. ¿Es italiano?» «Soy argentino, pero mi padre era de Verona.» «¡Ah, muy bien! ¿Y usted señor cómo se llama?». «Don Herminio. Es decir, Herminio.» «¡Ah, Herminio!, hijo de Hermes, el mensajero de los dioses, patrón de comerciantes y ladrones. Lo felicito. Usted debe haber viajado mucho y también habrá juntado sus buenos dracmas, eh, picarón.» «He juntado dramas, tragedias, chistes, albures, lo que pida, y hago cien kilómetros diarios en el taxi», respondió el veterano, sin saber si le tocaba estar orgulloso o avergonzado. «No se queje, que bien se le nota la ascendencia olímpica en el fulgor de la mirada.» «A mí puede decirme Negro», se anotó el tercero, adelantándose a la interrogación inminente. «¡¿Negro?! Me va a disculpar mucho pero eso es peor que llamarse Chayo.» «Ni modo.» «¿Usted también es argentino?» «Mamá, ¿no tienes nada qué hacer por ahí.» «Sólo atenderte a ti y a tus visitas, hija. ¿Te molesta que sea amable con los señores?» «No, mamá, pero debemos hacer una junta.» «Por mí no hay problema. Hagamos una junta. ¿Gustan más café? ¿Quieren que cruce enfrente y traiga unos panes dulces?» Todos estuvieron de acuerdo en que cruzar enfrente y traer panes dulces era una idea excelente. La sagaz decisión permitió a los conjurados disfrutar cinco minutos de privacidad.

◆ ◆ ◆

—Volvemos a vernos —JM mostró ganas de levantarse y seguir pateando a Césare.

Convencido de haber caído en el agujero negro de una pesadilla, cegado como estaba por los anteojos oscuros, el aludido tuvo presencia de ánimo suficiente para ironizar con un «¿Cuál vernos?». Llegaba dispuesto a aceptar todo, su capacidad de asombro se había batido en retirada. Si una manifestación de apátridas con banderas rojas cargara contra sus huesos cantando el himno de Israel, no lo encontraría extraño. Si se encontrara en una seccional de policía y llegaran tres monos a reventarlo y hacerle confesar actos deshonestos perpetrados años atrás contra una rubia en el colectivo 59, pensaría que uno se baña siempre en el mismo río.

—¿Vas a hablar? —la tarea era primero; las ganas experimentadas por JM de patear al prisionero quedarían postergadas.

—Sí —zafar era primero; los turbios deseos de Césare, esos flashes donde se veía picaneando a todos los presentes, incorporado al paquete un inspector abusivo y una yegua terrorista ausentes, más una extensa serie de sujetos merecedores de su ira, esperarían tiempo y ocasión más adecuados.

—¿Sabes quién soy?

—Debe ser JM.

—Correcto. ¿Quién te mandó contra mí?

—«El Intelectual».

—Sé quién es y no me asombra. ¿Quién te mandó contra el inspector Cadena?

—El mismo.

—¿Por qué?

—Cadena le robó una maleta de éxtasis.

—¿Quién te mandó contra mí? —terció el Negro, interesado en aclarar perfectamente el punto.

—Nadie. Yo solo. Quería vengarme de su mujer.

—¿Y si alguna vez llegamos a soltarte, vas a seguir tratando de vengarte?

—No.

—¿Por qué?

—Porque me sale siempre mal. No se puede con ustedes.

—Entonces, ¿no te vas a meter más con nosotros?

—No.

—¿Usted le cree, don Juan?

—¡Ni madres! ¿Y usted, don JM?

—Menos.

—¿Lo ajusticiamos, entonces?

—Depende de sus aportes. Si la información es buena, zafa, en caso contrario, pierde. ¿Es justo, no?

—Sí. Es justo.

Volvió Rosario de la panadería y no hubo manera de ignorar su presencia. FA se conformó con hacerle jurar que no daría datos de dónde estaban, ni de la colonia ni de ningún lugar de la ciudad. Mientras JM exprimía informes de Césare, la anfitriona se prodigó en nuevos cafés y panes dulces recién salidos del horno. En dos horas de interrogatorio, Césare reveló una cantidad de ilícitos que, en caso de aplicarse las leyes y si jueces y funcionarios cumplían con su deber, permitirían encarcelar durante siglos a individuos acostumbrados a usar el uniforme como la más eficaz herramienta para delinquir.

Media hora después, los visitantes decidieron marcharse. Antes fueron obligados a beber —«Lo hago yo misma. No me lo van a despreciar»— una copa de licor de piña. «Ándenle, para el camino.» Césare fue aleccionado por el Negro sobre el comportamiento debido durante la retirada. Si mantenía disciplina, en diez minutos estaría libre. De no hacerlo así, se lo cargaba la calaca. El prisionero —¡qué otra cosa!— estuvo de acuerdo.

Fue necesario prometer que volverían a tomar café y licor de piña con Rosario «Cualquier tarde de éstas».

—Vengan los tres. Pero si el señor Césare está preso y no puede venir, y si, Dios no lo permita, al señor Negro le impide hacer acto de presencia el haber sido ejecutado por una banda de mafiosos, por lo menos venga usted, Herminio —dijo la anfitriona.

Más de manos esposadas, de miradas contra el piso del taxi, de manejo enrevesado para despistar, hasta que, con una lluvia de advertencias en sus oídos, dejaron a Césare esposado al férreo banco de una plaza. Era hora de ir a la Escandón, a casa de don Herminio, donde esperaban Mariana y unos fideos fabulosos.

—¿Cuáles serán sus planes, don Herminio, ahora que consiguió novia?

—Atascarme de café con panes dulces y licor de piña… refugiarme en Argentina… Yo qué sé.

Rumbo a la Escandón, el Negro paró en un puesto de revistas y compró dos diarios. Los hojeó rápidamente y se sometió a un «tercer grado» mental de previsibles consecuencias.

Ocupado por asuntos personales, había mirado de lejos el drama y la tragedia en la tierra del fin del mundo. Argentina se acababa de rendir en la guerra de Malvinas. El mesianismo temulento de Galtieri —«Nadie vio jamás sobrio a Galtieri», según un chiste-verdad del ejército argentino—, parecía cerrar con ese descalabro la barbarie de la dictadura militar.

Se imaginó comentando las novedades con su interlocutora de cabecera: «Vámonos a casa, Marisol».

V

1983

Con otros

Volvemos a Argentina. Cruzando dunas de algodón y azúcar, a diez mil metros sobre algún lugar de América Latina, colgados de un aparatoso barrilete, volvemos.

El regreso empezó a prepararse a partir del desastre de Malvinas. Se conversó durante el mes siguiente al lanzamiento ejecutado en la Condesa, mientras los argentinos compartían la casa de don Herminio, y tomó forma al mudarse la pareja a un departamento de la calle Agrarismo, en la misma colonia del taxista, a quien cada sábado al mediodía Mariana y el Negro visitaban, para comer juntos y criticar a los gobiernos. Una vez conversado el regreso y después de haber tomado forma el plan para concretarlo, inercia, temor tanto a lo desconocido cuanto a lo conocido, el polvo de México[8] tal vez, trabajaron meses para mantener a los exiliados en su apacible refugio.

JM y FA vivían en Los Ángeles; ella daba clases en una escuela de música y él escribía para un periódico chicano. El traslado ocurrió después de que balearan en dos madrugadas el domicilio de JM y de que el periodista y la profesora se casaran, como Dios y doña Rosario mandaban, en una iglesia de la colonia Roma, frente a un simpático cura barbón apodado Chinchachoma. Acabada la ceremonia, trasladados los festejantes a la cantina *El Tequilazo*, Chinchachoma, Rosario, FA, don Herminio y Mariana se encargaron de acosar a JM con una teoría según la cual a los ojos de Dios y de cualquiera valía más periodista exiliado que cagatintas muerto. Altisonante expresión usada por Chinchachoma, quien la externó tres veces, «Con perdón de las señoras». Apoyado por el Negro, el periodista resistió. Pero, cuando acusado el argentino de ser un inconsciente: «Sólo pensás en vos», por la dama rubia; de: «Usted sí se salva pero a mi marido lo manda desarmado a la guerra», por la morena clara; de: «Qué se puede esperar de alguien llamado Negro», por doña Rosario y de: «No seas tarugo, che», por Chinchachoma, el Negro empezó con los «Bueno», «A lo mejor», «Por un tiempo», JM vio perdida la partida y concedió que «Por un tiempo», «A lo mejor», «Bueno».

Un funcionario de Gobernación ayudó a los argentinos a conseguir los FM3 y se encargó de que Cadena no los molestara. Aunque según la versión del Negro, la conducta pacífica del inspector debía relacionarse con una misteriosa carta recibida en la casa de Vizcaínas y 5 de febrero, cuyo texto advertía al funcionario sobre las malas intenciones abrigadas hacia su persona por un judas apodado «El Intelectual». Y por caprichosos mecanismos de compensaciones, responsables entre otros ítems de evitar que la tierra desaparezca en el vientre de un galáctico agujero negro, mientras la situación de los argentinos en México se normalizaba, en Argentina se aceleraba la caída de los militares. Galtieri salió por la puerta chica de la Casa Rosada. Un oscuro general lo reemplazó pero ya la suerte del «Proceso» estaba echada. Harto de cuarteles y criminales uniformados el país exigió nuevas elecciones. Mientras Mariana y el Negro volaban rumbo al sur, Alfonsín asumía la presidencia. El juicio a los militares genocidas era un secreto a voces.

El Negro atacó su libreta —*El Chato ahora se llamará como su padre, RD, y D sin L, Diez a secas, como se acostumbra en un país donde el doble apellido no es protección contra la proliferación de homónimos sino presunción de paladar negro y cuna de oro, y, mala suerte para él, toda su vida estará expuesto a una pregunta: «Oye, Chato, ¿es cierto que en tu casa hay una cama donde duermen once?—*. Enseguida pensó pedirle a la azafata un tequila para despedirse de un país al que, tras cuatro horas de ausencia, recordaba con nostalgia.

En Argentina seremos dos más en la recuperada democracia. Si tal cosa existe, estaremos en casa, en nuestro sitio. Terminó el tiempo de los asesinos. Alguien pedirá un pelotón de fusilamiento para ellos; otro alguien explicará que las heridas abiertas no se cierran con la muerte del verdugo, y que más fuerte es, será y debe serlo, el ejemplo de un general usurpador vestido de presidiario.

Ni existe anestesia para ciertos dolores ni nada se ve fácil hacia delante. ¿Cómo llevar la derrota de los apenas ayer victoriosos y cuál será la manera de asumir el regreso de los ayer apenas derrotados? ¿Qué pasará con los llamados utópicos? Alguien ha hablado ya de «Dos demonios». Tremendos asuntos nos aguardan.

Pase lo que pase en el revuelto río de las polémicas, habremos vuelto. Ocurra la gran historia como la dejen, estaremos allí para el reencuentro con nuestro negocio personal: cada ser vivo y cada cosa que nos hicieron falta. Pequeños asuntos que sumando familiaridades terminan por fundar la noción de patria. Desde los asados «de verdad» hasta el calor de los parientes y del dulce de leche al obelisco. Una forma de hablar, amigos y vecinos, el árbol nuestro y de la esquina, los vientos del río y de la pampa que —inviernos cuchilleros—, arrastran al viajero a refugiarse en el santuario de un café o de una humeante pizzería. (Detrás del caudaloso rumor están las pizzas; atravesando las conversaciones llega el aroma de las empanadas. No son mejores ni peores que otras pero fueron horneadas con maderas del lugar, carbón andino, gas de General Viamonte, o lo que sea que les da ese sabor reconocible.) Mínimas cuestiones hundidas en la piel como marcas de ganado. La ronquera del diariero anunciando «la sexta», el colchón de hojas pardas en otoño, las muchachas de octubre y de noviembre, la vía láctea alfombrando el cielo, el suave golpe de un trago de ginebra. (Entre los misterios del país del fin del mundo deben incluirse esos centauros de las llanuras aficionados a beber aguardiente «holandés» hecho con bayas de enebro.) Verguenza da decirlo pero la lista se regodea en aún más ingenuos fetichismos, tipo *fresco y batata*, chocolates de tal marca, yerba mate de tal otra, nuestras *facturas* preferidas, otra vil jarra de vino de la casa. Todo será bueno y será todo indispensable en las primeras semanas, por esa necesidad que nos inventamos de saldar todas las cuentas, llenar todos los huecos, repintar cada imagen descolorida, morder cada sabor interrumpido, aspirar olores que regresan secuencias de la película «Mi vida». El cielo azul cobalto y tan brillante, unos yuyos junto al cordón de la vereda, los pibes que juegan a la pelota, los perros que corren y los viejos que toman sol en la plaza... Creo que hasta los «animadores» de televisión nos van a caer simpáticos.

En la asamblea del país presuntamente desmilitarizado, en el pequeño festival del reencuentro con los choripanes y en el gran funeral de los ausentes, macro y micro, entonces, andaremos. Ligados a los sucesos del país, al sabor de nuestra ensalada, a guerra y paz en el planeta y a los avances de una precoz calvicie.

La omnipresencia de la desgracia y el retorno del optimismo crearán el complicado marco donde lo esperado dará lugar con facilidad a sus diversos. A más B ya no será C, porque será necesario contar con el resto del abecedario.

Hoy dan *Abismo Mortal 4000*; de comida van a servir ternera o pollo; mi material de lectura son cuentos de Cortázar, nuestro gran transterrado, objeto predilecto del amor-odio argentino. Los «nacionalistas» no le perdonan que viva en Francia; los «izquierdistas» no le perdonan que, lejos de la literatura «social», se dedique a pergeñar fantasmagorías «burguesas»; los burgueses no le perdonan haber incluido en *El Libro de Manuel* testimonios de torturados por las dictaduras de Onganía-Levingston-Lanusse. Sabiamente, Julio no ha pensado pedirle perdón a nadie. Dicen que está enfermo. ¡Cruz cruz, que se vaya el Diablo y venga Jesús!

◆ ◆ ◆

El Chato ha crecido; Mariana y yo hemos envejecido. No tanto en canas, ni en kilos de más ni en desmejoradas pieles, mucho menos en adultez, sensatez o mitologías por el estilo, sino especial y reveladoramente en la manera de mirar y de reír, desde una paranoia de baja intensidad que, como las suaves lloviznas, a fuerza de persistir termina por empapar a los caminantes. Quizás hubiéramos debido escuchar con mayor atención a la abuela cuando decía: «En todas partes se cuecen habas». Hubiéramos aprendido lo mismo y habría costado menos golpes.

¡Fabuloso hallazgo! Dándole vueltas a la música salida del brazo del asiento encuentro una frecuencia tanguera. El descubrimiento opera como ramas en el agua y pájaros sobre cubierta en la recta final de un largo viaje, suponiendo, claro está, que uno sea almirante genovés y ande buscando un mundo nuevo. Al menos por comparación con la resaca que debía traer Cátulo Castillo cuando puso su firma bajo las palabras más terribles que se han escrito: *La vida es una herida absurda*. Aunque tratándose de escritores excesivos, conviene recordar el gusto por la farsa y las leyes de la inercia. Los tangos son así, cuánto más amargos y truculentos más se emociona y aplaude el respetable. Judeo-cristianos como somos, estamos en este mundo para sufrir a gusto. ¿Quién necesita un tango alegre?

En Argentina vamos a tener una luna en el aire y otra en el agua, sin que a estas alturas de la canción pueda saberse cuál de las dos es reflejo de la verdadera. Cuestión que, pensándola mejor, quizá sea metáfora utilizable en mi novela. La luna en un charco barroso. Ahí está todo. El Ello, el Yo, el Superyó, sus confusas propuestas en disputa. Y un gran interrogante: ¿Es la luna de aérea naturaleza y ocurre que, vagabundamente distraída, cayó en el agua? (Ver *Milonga triste*, de Homero Manzi), o se trata de un queso parmesano que desde el fondo del pozo elabora trucos para proyectarse en esta desolación que llamamos cielo. En Argentina se ha perdido mucha gente por buscar la luna. Abundantes temas nos quedan de tarea. Bastante habrá que hablar y caminar. Por ahora, volvemos.

«Haciéndose chico» para no ser visto, tratando de «perderse» tras el respaldo del asiento delantero, Césare supo que si un día él se convertía en director de orquesta, el mundo entero perdería las orejas. O Dios estaba borracho, o traía broncas con él, o que alguien viniera y explicara cómo era posible que entre todas las líneas México-Argentina y entre todos los vuelos posibles en distintos días de distintos meses, a él le tocara viajar con esos monstruos colocados sobre la tierra con el único fin de arruinar su existencia. La Bruja y el Chacal. Esas bestias confabuladas con el demonio, a quien seguramente vendieron sus desalmadas almas, pidiendo a cambio el privilegio de golpear a Césare D'Amato donde y cuando lo encontraran. Más la costumbre de quitarle sus armas y el placer de colocarlo en situaciones humillantes, a causa de las cuales él perdería amigos, trabajos y formas de vida. Su escaso resto, considerando todo lo perdido.

Césare retornaba. Estaba harto de tacos, sopes, quesadillas, aullidos rancheros, pambazos, mañanitas de cumpleaños, tlacoyos, peseros, tostadas, jefes ninguneadores, quebra-
das, gorditas, huaraches, totopos, mujeres convencidas de ser
la virgen de Guadalupe; harto de que le dieran cilantro y salsa verde con el postre; cansado de atoles, en vaso y «con el
dedo»; aburrido de «bisteses» duros y transparentes; hasta el
cuello de indios mendicantes, meseros mendicantes, sidóti-
cos, alcohólicos, drogadictos, chavos de la calle, estudiantes,
huelguistas, ancianas sin hogar, payasos, porteros, cantantes,
minusválidos, taxistas, desocupados, Cruz Roja, bomberos,
policías, banqueros, presidentes y etcétera mendicantes; más
que podrido de chistes de argentinos. Cada vez que le contaban uno, él proponía ingenuos chistes de mexicanos:
«¿Cómo te llamas, mano?». «Juanito.» «Pum, pum. Te lla-
mabas», pero lo barrían con el de «¿Sabes por qué los ataú-
des de los argentinos están agujereados?: para que los gusanos puedan salir a vomitar». Lo relajaban y se reían. Y él
tapaba con muecas sus ganas de repartir trompadas y argu-
mentaba que Dios era argentino, pensando entrarle a picana-
zos a cada uno de sus sangrones amigos.

Césare retornaba. En Buenos Aires comería carne de
verdad, asado de tira, vacío, entraña, chorizos de verdad,
morcillas auténticas, riñoncitos verdaderos, mollejas, chin-
chulines. Carnes jugosas haciéndose sin prisa a treinta centímetros sobre un colchón de brasas, nada de cortes del grosor
de un papel pasados diez segundos sobre una chapa redonda.
Asado rociado con chimichurri y no con esos menjunjes usados en aztecolandia, sin duda muy apropiados para interrogar detenidos. Comería asado hasta que se le pusieran los

ojos como de vaca y en las manos se le formaran pezuñas y dominara el arte de ahuyentar moscas con la cola. Sí señor. Eso haría apenas llegara: comer asado.

Ya no habría capitanes detrás suyo; Jova debía estar bajo una piedra. Con Césare no se metería nadie porque en principio nadie lo conocía, en segundo lugar él simplemente fue un soldado, sujeto a recibir órdenes y obligado a cumplirlas. Y aparte de haber hecho lo suyo para salvar a la patria del judeo marxismo internacional, ahora la guerra había terminado y solamente cabía juzgar a los jefes responsables de los «excesos», también llamados matanzas por los extremistas, no a los pobres soldados que con obediencia debida entregaron su sangre por la azul celeste y blanca.

Debía evitar ser visto por esos demonios. Césare D'Amato, nombre de guerra Puma, no soportaría que vinieran a golpearlo en el avión. Quizá podría ponerse el antifaz para dormir, taparse la cabeza con la manta y fingir el sueño durante siete horas. Podría denunciar a los subversivos con esa sonriente azafata que tan buena estaba. Pero no, demasiado conocía él a esas yeguas perfumadas, todas pertenecientes a la raza de la fundamentalista rubia. Fueran azafatas, actrices de cine o se dedicaran a volar cabezas de honorables ciudadanos, una cosa era segura, a esas viejas les encantaba burlarse de la gente normal, odiaban a los hombres y lo demostraban tratándolos con la punta del zapato. Muy distinto sería si estuvieran en su sótano, él con su picana y la camarera y la terrorista desnudas, con los ojos cubiertos por el antifaz para dormir. ¡Ahí se iban a enterar de qué color pinta el verde! Tal vez debiera hablar con ese tipo uniformado que circulaba por los pasillos. Quizá fuera un capitán de a bordo y Césare podría informarle que camuflados como pasajeros viajaban dos peligrosos extremistas, lo cual planteaba la posibilidad de un desvío del avión a Cuba, con las consiguientes vacaciones para todos en las mazmorras castristas. Podría, sí, de no ser porque cada vez que Césare intentaba acciones contra la Bruja y el Chacal debía dedicar las siguientes horas a curar los golpes que le llovían, vendarse hasta los sobacos más otras actividades propias de un sujeto molido a palos. Mejor dejarlo, entonces. No tomar iniciativas. Mantenerse oculto. Cuando los monstruos bajaran, él se demoraría para no coincidir con ellos en la recolección de maletas. Luego esperaría verlos salir, tomar un taxi o el autobús y desaparecer. Posteriormente sería recomendable permanecer encerrado unos días. No pisar Belgrano. Moverse por las afueras de la ciudad. En caso de encontrarlos por la calle, mudarse a Mendoza y rehacer ahí su vida.

En Argentina lo esperaban la mejor carne del mundo, el mejor ganado femenino del mundo, la calle más ancha del mundo, el río más ancho del mundo, el mejor fútbol del mundo… Demasiados tesoros para dejárselos al comunismo que, agazapado eternamente, acechaba en las sombras. Frente a tal peligro, obviamente, alguien debería pensar en garantizar el orden. Con militares o sin ellos, un Estado debía poner en primer plano su seguridad. Para hacerlo, se iban a necesitar especialistas en técnicas operativas. Ergo, como decía el capitán… (así decía cuando quería apantallarlos: Ergo)… pasada la fiebre antimilitarista, en Argentina habría trabajo para Césare. Sería bueno activar sus contactos en las fuerzas pertinentes. Ya instalado en sus nuevas tareas, esperaría el momento de encontrar al dúo de sus pesadillas. A él

pensaba volarle la cabeza donde lo viera. En cuanto a ella...
a ella... ¡Ah, en cuanto a ella!...

Mariana está contenta. Liberada de sonoridades e importancias, prefiere sentirse alegre que «ser» feliz. Sabia y concretamente, privilegiado el presente, está contenta. Perdió amigos, seres queridos, leyendas, el gran intento de transformación del país. No es quien más ha perdido ni la que menos sufrió. Y aunque en una mujer que sufre cabe todo el dolor del mundo, de regreso a casa, flanqueada por el Chato y el Negro, segura de los dos hombres de su vida, asume que no es tiempo de llorar. Con la fuerza invertida por el árbol de la esquina para soportar inviernos y recuperar brotes en septiembre, decide que si lo conservado se gana, en algún terrible sentido, también lo perdido se adquiere. Como la cancioncilla española, Mariana piensa que es bueno ser particular, y mojarse cuando llueve como los demás. Ha visto a Césare D'Amato en el avión. Encuentra cómico que semejante desecho se llame Césare. Debería llamarse Caraculo, algo así. Y tan bien absorbe el torbellino de sensaciones circundantes, tan convencida está de que junto a penas y olvido tendrá canciones y reencuentros, tan a gusto se siente saboreando un *Campari*, que algo queda perfectamente claro para ella: ni siquiera ese rufián podrá estropearle el ánimo.

—¿Ya viste a tu amigo? —sonríe a su compañero.

—No es mi amigo. Es tu novio. Y sí lo vi.

—¿Qué opinás?

—Nada. Ya no existe. Se acabó. Sé finí. Vamos por Videla, Massera y Agosti. Vamos por Galtieri, Camps, Menéndez, Suárez Mason, Bussi, Saint Jean... por los generales y coroneles que ordenaron los crímenes. Césare es un subnormal, un forro. Ya caerá, más tarde.

—Pero también él es culpable. Ese subnormal torturaba y asesinaba gente. Quedan muchos criminales sueltos. ¿Qué va a pasar con ellos?

—No sabemos, Mariana. Hoy perdieron los generales. Van a juicio y serán condenados. Después... puede pasar que la justicia avance, y pensando en el país real se procese a más culpables, o, puede ser que las viejas estructuras de poder recuperen terreno, y pensando en ellas se dé marcha atrás, se discursee sobre la «reconciliación» y hasta Videla quede libre.

—Voy al baño —dijo la mujer y el anuncio, acompañado de su paso a la verticalidad, produjo sensibles modificaciones en dos pasajeros del vuelo México-Buenos Aires.

Uno de ellos la conocía bien. En su espontaneidad encontraba parentescos con pájaros y ciclones, y, en el caso, admitió la existencia de una situación operativa poco propicia para desplazamientos realizados bajo el signo del picaflor. Uno de ellos, entonces, encendiendo un preocupado cigarro, observó a la mujer dirigirse hacia el fondo de la máquina.

El otro conocía mal a Mariana. Por su mal y para su mal la conocía. Estrictamente la relacionaba con hecatombes y múltiples ejercicios de ensañamiento sobre su particular humanidad. El otro, entonces, atisbó el acercamiento de la Bruja desde una mínima hendija formada en la manta con que se tapaba. Aunque tapaba parece poco decir, porque lo que el sujeto hizo fue convertirse en un ovillo rodeado por una manta, imitando a esos gusanos devenidos circulares, la cabeza pegándose a la cola. Así lo hizo porque eso sentía, temía y odiaba ser, un gusano, y la verdad es que agradecería tener una piedra encima suyo, para no evidenciar ni siquiera su bulto fetal, color manta de avión y sacudido por temblores.

La mujer montó guardia un par de minutos junto al baño. Para dos personas, el tiempo aceitaba sus mecanismos en una pausa interminable.

Dos minutos más y Mariana había entrado y salido del baño. La eternidad, sin duda, es una larga espera. La mujer llenó un vaso de agua y enfrentó el pasillo rumbo a su asiento.

Quince filas adelante un par de ojos la vigilaron. Conocían bien a la mujer y no pensaban abandonar su puesto de centinelas hasta verla sentada junto a ellos, con el cinturón de seguridad bien ajustado.

A mitad de camino entre la mujer y el par de ojos vigilantes, mientras intentaba controlar algo semejante a un ataque de epilepsia, el hombre que conocía mal a Mariana espiaba, por la mencionada hendija entre los pliegues de su manta, el esperado paso de los jeans de la terrorista de su desgracia, que estaba como quería y que primero Dios alguna vez debía regresar a su asiento. Por su mal la conocía y no pensaba abandonar el fondo de la manta hasta ver lejos el peligro.

La mujer llegó hasta el bulto similar a un gusano enroscado, vio junto a él a una señora de cabellos blancos y habló para ella.

—Los argentinos vamos a cuidar nuestra memoria. La

justicia hoy llega para los generales, pero mañana debe alcanzar a todos los asesinos. ¿No le parece, señora?

La señora de cabellos blancos consideró a la joven mujer sonriente y no pudo evitar sobresaltarse con los movimientos espasmódicos que, bajo la manta, atacaban al cuerpo dormido a su lado.

—¡Ay, sí, mi hijita… si yo te contara! —otra sacudida del bulto la obligó a detenerse en la actuación de su vecino.

—¿Qué le pasará a este hombre?

—Quizá tenga una pesadilla.

—Sí, parece.

—Quizá sueña que es un torturador y espera turno para ser castigado.

La mujer anciana echó una mirada especial a su interlocutora, una mirada de «Soy vieja pero no tonta», y de «Algo está pasando aquí, por qué no me decís qué está pasando».

El vaso de agua se derramó sobre el lugar donde se adivinaba la cabeza del agusanado enroscamiento; un ahogado quejido atravesó la manta; la mujer joven dijo:

—Mejor cámbiese de lugar, señora. Su vecino acaba de mojarse.

Un poco espantados y otro poco resignados, dos ojos la esperaban. Mariana caminó con una gran sonrisa, dejando atrás un grupo de viajeros repartidos entre el regocijo y el escándalo y un bulto mojado que sólo anhelaba un agujero donde ocultarse del mundo.

El Negro la abrazó, la besó, una vez más aceptó que esa mujer no había llegado a su vida para traerle la paz sino la espada. Mientras atrás crecía la diversión, verificó la hora. Todo estaba más cerca.

◆ ◆ ◆

Adictos a la nostalgia del mole poblano, el café italiano y los bares madrileños, nos vamos. Volvemos a donde nos harán falta las orillas del Sena, las torres de Praga, una canción rusa, el ruinoso esplendor de la Habana vieja, la cerveja de Uruguayana, el calor de Río de Janeiro, los trenes nocturnos, las fronteras, las catedrales, los castillos, la imaginería medieval y toda la santa cursilería que anda suelta por el mundo. Divididos, fragmentados, repartidos, como un puño de papeles echados al viento, así vamos. Y, tal vez, eso somos: papel picado que aprovecha el viento para intentar el vuelo. Y aunque el asunto pueda estimarse irrisorio de tan escaso, y aunque la metáfora de Ícaro haya devenido en grosera jaula VIP, aún dirigido al piso y destinado a la escoba, también el papel picado sabe decir ni modo y confiar en que cualquier día de estos le ha de «salir» mejor el vuelo. Excelentes motivos para que mi novela se llame así: Papel picado.

Apéndice

(1) *Escrito sobre una mesa de Montparnasse*, de Raúl González Tuñón.

(2) Frase del general Ibérico Saint-Jean: «Primero caerán los militantes, después los simpatizantes, y finalmente les tocará el turno a los tibios o indecisos».

(3) Martínez de Hoz fue ministro de Economía de la dictadura militar.

(4) Operación Cóndor se llamó el acuerdo entre dictaduras del cono sur que permitía operar en países vecinos y establecía el canje de prisioneros.

(5) INFORME SOBRE LOS ELEMENTOS RECUPERADOS POR EL EQUIPO DE JOVA EN EL CHALET DE EL TIGRE.

Se consignaron las siguientes piezas: Un refrigerador mediano marca X, en buen estado; una mesa de madera de 1,20 ms por 80 cms, en buen estado; tres bancos individuales de madera, en estado regular; cuatro manteles de tela del mismo tamaño de la mesa, dos en buen estado, uno regular y uno con roturas; cuatro repasadores de cocina, en estado regular; una panera de mimbre, con la agarradera rota; seis platos de loza playos, cinco en buen estado y uno con cachaduras en el borde; cuatro platos hondos, en buen estado; seis platos de postre, en buen estado; seis vasos de vidrio, uno de ellos con rajadura; una ensaladera de madera, en buen estado; una ensaladera de plástico, rayada y en estado regular; un tenedor y una cuchara de madera haciendo juego con la ensaladera, en buen estado; seis cuchillos de mesa metálicos, muy gastados; cinco tenedores metálicos, ídem de gastados; seis cucharas metálicas, ídem; cuatro cucharitas metálicas de postre, estado regular; un especiero de madera, de 40 por 25 cms, con ocho frascos pequeños de distintas especies, en buen estado; cuatro ollas metálicas, una para tirarla y tres en estado regular; una sartén metálica, con mango de baquelita cachado, en estado regular; una plancha de cocina metálica, en buen estado; dos bandejas pirex de horno, manchadas, estado regular; dos bandejas metálicas de horno, viejas y semioxidadas, estado regular; un sacacorchos con mango de madera, estado regular; una cortina de ventana, de tela, estado regular; cuatro bandejas de carne de res y dos bandejas de pollo; doce botellas de vino tinto tres cuartos, marca YY; un bote con sal fina, semilleno, marca Z; cuatro paquetes de 500 grs. de fideos, marca A; seis papas; dos cebollas; dos tomates; una cabeza de ajos; dos latas medianas de salsa de tomate, marca B; un frasco con azúcar, de aproximadamente medio kilo; media botella de aceite, marca C; media botella de vinagre, marca CH; una lata para galletas, vacía y con rayaduras; un pedazo de queso Mar del Plata, de medio kilo aproximadamente; una pieza similar de dulce de batata; un frasco de dulce de leche, de 500 gramos, a la mitad, marca D; una caja grande de fósforos de madera con su contenido a la mitad, marca E; un libro titulado *Cien recetas de la cocina universal*, manchado y con hojas rotas; un batidor de huevos metálico, en buen estado; una espumadera metálica, muy gastada; un cucharón metálico, ídem; un paquete de café de medio kilo, apenas empezado, marca F; un kilo de yerba a la mitad, marca G; seis sifones de soda, tres vacíos, dos llenos y uno a la mitad; veinte latas de cerveza, marca X; una escoba, en buen estado; un escobillón, estado regular; un secador, con la goma gastada; un trapo de piso, viejo; un bote de basura de plástico, viejo; una pala de basura de plástico, ídem; un paquete de jabón en polvo, marca W, a la mitad; dos estropajos, viejos; un colador para café de tela, estado regular; un colador metálico para verduras o fideos, estado regular; un televisor de 24 pulgadas, blanco y negro, marca Y, funcionando; tres sillones individuales de mimbre, estado regular; una mesa de mimbre de 1 por 1 ms, en buen estado; dos sillas de madera, una en buen estado y otra regular; un espejo de pared, de 40 por 30 cms, en estado regular; un sillón de tres cuerpos forrado en pana verde, en estado regular; dos cuadros con paisajes, de un metro por ochenta, sin firma; un cuadro con una mujer desnuda sobre un sofá, de 40 por 26 cms, firmado Goya; cuatro macetas de barro con plantas, todas en mal estado; un mueble bar de madera, en estado regular, conteniendo: dos botellas de whisky marca H, una llena y otra a la mitad; una botella de ginebra marca I, con 10 cms de contenido; una botella de vodka marca J, a la mitad; una botella de fernet marca K, a un tercio de su contenido; dos botellas de vermut KK, uno blanco casi lleno y otro rojo a la mitad; una botella de licor de moka, marca L, sin abrir; seis botellas de vino tres cuartos, llenas, marca LL; dos latas de aceitunas verdes, marca M; una lata de aceitunas negras, marca N; una caja de escarbadientes, a la mitad, marca Ñ; un mazo de barajas españolas, gastado; dos mazos de barajas de poker, ídem; un juego de ludo, ídem; una bolsa chica de maní, marca O; una pipa vieja; cinco ceniceros de vidrio, baratos, regular estado; una figura de yeso de la virgen de Luján, 20 cms de altura, en buen estado; un mueble alacena de madera, de 1,80 por 1 ms, en buen estado; un velador de mesa con pie metálico, pantalla de tela y foco de 45 watts, funcionando; dos maceteros de cobre colgantes, uno abollado y el otro en buen estado, los dos con tierra y plantas; un libro titulado *Sexo Ardiente*, buenas ilustraciones, demasiado usado; cuatro revistas *Playboy*, ídem; una cama de dos plazas con soporte de madera y colchón de resortes, en buen estado; dos almohadas individuales, con fundas, estado regular; dos sábanas matrimoniales, estado regular; una manta de dos plazas, en buen estado; un ropero de 2 ms por 1,20 y 80 cms de fondo, estado regular; 17 perchas de alambre, estado variable; dos mesas de luz de madera, estado regular; dos tapetes de alfombra individuales, estado regular.........................

(La interrupción en el registro de objetos expropiados obedece a la pérdida de dos hojas en el cuaderno del encargado del control de materiales, dicho accidente ha impedido precisar las piezas recogidas en dos de las habitaciones del piso superior y el baño, por lo que se hará aquí una mención limitada al recuerdo de que en el lugar había una carpa de camping y de que, como es comprensible, en el baño se recogieron toallas, jabones y otros ítems de cosmética masculina y en las recámaras faltantes se pre-

sume la existencia de más camas con su ropa, quizás algún ropero, mesa de luz y similares).....................................
....

Continuaba el informe de esta manera:

Se desmontó en la cocina una ventana de madera, de 1,20 ms por 82 cms, en estado regular, con sus cuatro vidrios sanos; un calentador de agua a gas, capacidad 50 litros, marca AA, en buen estado; una tapa de luz de baquelita, vieja, sin roturas; un foco de 60 watts, funcionando; una puerta de madera hueca, de 2,20 ms por 80 cms, con abolladura en la parte inferior; en la sala, dos ventanas metálicas con rejas no pudieron desmontarse; se recuperó un perchero de pared de madera con tres manijas, para colgar ropa, en buen estado; una puerta similar a la de la cocina, en estado bueno aunque vieja; una pantalla de vidrio para lámpara de techo, vieja, en buen estado, con foco de 60 watts funcionando; en el baño se desmontó un inodoro de loza blanca, marca BB, con tapa y apoyanalgas de madera, en estado regular; un lavabo de loza blanca, marca BB, con canillas de bronce, en estado regular; un toallero de pared hecho en madera, con dos manijas metálicas, similar al antes mencionado, estado regular; una puerta, ídem a las anteriores, en estado regular; una ventana de metal y vidrio, de 70 por 35 cms, oxidada, estado regular; en las habitaciones se recogieron tres puertas, en estado entre bueno y regular, y tres ventanas de madera, de 1,20 ms por 82 cms, en estado entre bueno y regular; tres focos de 45 watts, funcionando.

(6) En agosto de 1972 hubo una fuga de presos políticos en el penal de Rawson. Diecinueve guerrilleros fueron capturados y llevados a la base naval Almirante Zar, en Trelew. El 22 de agosto fueron fusilados. Dieciséis murieron, entre ellos Humberto Toschi.

(7) Juan Diego: indígena mexicano santificado en 2002, a quien, según la Iglesia Católica, se le apareció la virgen de Guadalupe.

(8) Rocca: Fortaleza, ciudadela.

(9) «Quien haya respirado el polvo de los caminos de México ya no encontrará la paz en ningún otro pueblo.» Malcom Lowry.

Glosario

Abusado: atento, prevenido.

Achicopale: achique.

ACNUR: Alto Comisionado de Naciones Unidas para Refugiados.

Aggiornar: poner al día.

Aguantadero: refugio de delincuentes.

Albures: expresiones de doble sentido, siempre sexuales.

Amarelha: amarilla.

Anclao en París: tango de Enrique Cadícamo.

Apañado: detenido, capturado.

Bagayo: paquete.

Bajita la mano, chingaquedito: disimuladamente.

Balada del álamo de Carolina: novela de Haroldo Conti.

Banqueta: acera.

Batía: decía.

Bato: tipo, individuo.

Berreta: de mala calidad.

Bestie: animales.

Bicchiere: vaso.

Bocineaba: hablaba de más.

Boga: abogado.

Boleta: muerte violenta.

Bolonqui: quilombo, desorden.

Boludo: buey, tarado.

Brujo: apodo de López Rega, debido a sus aficiones esotéricas.

Buey: despectivo, significados erráticos.

Bujarrón: homosexual masculino activo.

Bulín: habitación, especialmente para el amor.

Cafezhinos: cafecitos.

Calentura: pasión, enamoramiento.

Campari cul bianco: mezcla de Campari con vino blanco.

Cana: policía.

Cangaceiros: rebeldes brasileños, entre místicos y bandoleros.

Capo: jefe.

Carabinieri: policías.

Cashasha: aguardiente brasileño.

Chingada: principal palabra del argot mexicano, de significados casi infinitos, ver Octavio Paz.

Choripanes: sándwiches de chorizo.

Chupados: detenidos clandestinamente; secuestrados que serán «desaparecidos».

Chupar faros: que las cosas le salgan mal.

Cidade: Río de Janeiro, especialmente la parte que no da al mar.

Cirujas: vagabundos.

Cocoliche: argentinismo, mezcla de italiano y español.

Colectivo: autobús.

Compagno: compañero.

Concha: vagina.

Cóndor: operación de entrega mutua de detenidos entre las dictaduras del cono sur, entre décadas del 70 y 80.

Condottieros: soldados mercenarios.

Contadini: campesinos.

D'Artagnan: revista de historietas.

Doppio ristretto: café doble, expréss.

Echando los bofes: con los pulmones en la boca.

El Caballo: Fidel Castro.

Empaquetaron: engañaron.

Encamada: haciendo el amor.

Está tu culo: statu quo.

Estaba chupado: era fácil.

Factura: pan dulce de panadería.

Fare l'América: hacer la América, leyenda de futura prosperidad entre los inmigrantes.

Faubourg: rincón.

Feijohada: plato popular brasileño a base de frijoles negros y algo de carne.

Formaggio: queso.

Forros: condones: porque se usan para coger a otros, con el doble sentido de usar coger como chingar.

Franelear: acariciar eróticamente.

Fresco y batata: tajada de queso y dulce de batata, postre popular en Argentina.

Galhetos: pollos.

Garotas: muchachas.

Garpá: pagá.

Giladas: estupideces.

Guarura: policía.

Guita: dinero.

Hacer dedo: autostop.

Happy end: final feliz.

Hechos: delitos.

In aeternum: para siempre.

Jermu: mujer.

Jovato: viejo.

Juan Diego: indígena mexicano a quien se dice que se le apareció la Virgen de Guadalupe.

La Cueva, El Taller: seudónimos reales de un campo clandestino de concentración.

La hora de los hornos: frase de José Martí referente a la revolución.

La Isla: Cuba.

La justa: la verdad.

Laburaba: trabajaba.

Lana: dinero.

Lavorare stanca: trabajar cansa.

Madrina: ayudante civil de policías.

Maladie d'amour: enfermedad de amor.

Mandar tragados: acusarlos.

Máquina: picana.

Meu: yo.

Mina: mujer linda, o mujer en general.

Minón: mujer espectacular.

Modus operandi: forma de operar.

Morfar: comer.

Morochas: morenas.

Ni modo: nada qué hacer.

No mameyes: no mames, no digas estupideces.

Number one: número uno.

Ouro: oro.

Ovos: huevos.

Pajeros: masturbadores.

Piantada: loca.

Pinche: de poco valor.

Piola: astuto, rápido; también buena gente.

Placas NN: Son las que en Argentina se colocan en los cementerios en las tumbas de muertos desconocidos.

Pomeriggio: horas después del mediodía.

Por Izquierda: clandestinamente.

Primero Dios: si Dios quiere.

Quebrar: matar.

Quíndice: quince.

Ragazza: muchacha.

Ratonean tupido: fantasean mucho.

Rodoviaria: estación de autobuses.

Ruco: viejo.

Sabiola: cabeza.

Saudade: nostalgia.

Se finí: argentinismo del francés c'ets finí, se acabó.

Serial killer: asesino serial.

Sertao: zona semidesértica de Brasil.

Sirve que: aprovechamos para hacer tal cosa o conseguir tal otra.

Story board: sintético relato dibujado de un film.

Sucos: jugos.

Susana: picana.

Tacos, sopes, quesadillas, pambazos, tlacoyos, tostadas, gorditas, huaraches, totopes: antojitos mexicanos, harináceos fritos.

Tapera: rancho abandonado.

Telera: tipo de pan para sándwiches.

Telo: hotel.

Teporochos: vagabundos.

Terroni: italianos del sur que emigran al norte.

Tigre Arolas: Eduardo Arolas, tanguero argentino.

Tirar manteca al techo: diversión de sudacas en salones parisinos: pegar manteca en el techo, hasta que se caiga y a ver a quién le cae encima.

Tomátelas, rajá: sal de aquí, vete.

Toritos: bebida con alcohol y hierbas popular en Veracruz.

Traslados definitivos: asesinato de detenidos clandestinamente.

Tripleta, Tres A, AAA: Alianza Anticomunista Argentina: banda de terrorismo de Estado organizada por López Rega, ministro de Perón, en 1973/75.

Ultimadamente: últimamente.

Venadearlo: espiarlo para cazarlo.

Verso: mentira adornada.

Viejas: mujeres.

Você: tú.

Zurdos: izquierdistas.

Visite nuestra web en:

www.umbrieleditores.com